Vendida al mejor postor II

Castelli, Volume 2

Cathryn de Bourgh

Published by Cathryn de Bourgh, 2018.

VENDIDA AL MEJOR POSTOR II

First edition. June 12, 2018.

Copyright © 2018 Cathryn de Bourgh.

ISBN: 979-8224151707

Written by Cathryn de Bourgh.

Vendida al mejor postor II

Cathryn de Bourgh

1 Betty

Mi vida había cambiado tanto y sentía que vivía un cuento de hadas.

Había oído que los primeros tiempos de matrimonio eran los más difíciles, pero para mí todo estaba perfecto. El invierno había pasado, frío y hostil, pero para mí fue muy cálido y romántico en compañía de mi amor de ojos negros.

Estaba locamente enamorada de Tiziano y me sentía amada y correspondida, además nos llevábamos tan bien que hasta planeábamos tener un bebé a veces.

Sabía que si todo seguía bien dejaría de darme esa inyección y comenzarían la alegre búsqueda. Me emocionaba pensar en un hijo que se pareciera a Tiziano y por momentos me sentía tan loca de amor que estaba tentada a intentarlo.

Pero comprendía que necesitábamos ese tiempo para estar solos y conocernos, nuestra boda había sido tan romántica pero algo precipitada. Conocernos en esa agencia y luego, caer atrapada en sus brazos.

Suspiré mientras salía de la ducha y de pronto me emocioné al recordar que la noche anterior habían hecho el amor sin parar y él me había pedido un bebé. Quería que dejara de cuidarme. Estaba muy serio y me miró suplicante. ¡Qué difícil era decir que no en unos momentos como ese! Cuando nos fundíamos en un apretado abrazo y él me miraba así... Diablos, le habría prometido cualquier cosa, todo por hacerle feliz, lo que me pidiera se lo habría dado.

—No quiero esperar hasta el año que viene—dijo él—. Es tanto tiempo. Quiero ser un padre joven.

Lo miré temblando de la emoción. Un hijo del hombre que amaba, era perfecto, era como la culminación de un sueño.

—Me encantaría Tiziano, pero... es que todavía tengo que organizar el negocio del que te hablé.

No se lo dije entonces, pero quería lograr cierta independencia. Él me había entregado dos millones luego de la boda por el acuerdo nupcial, pero yo no había tocado un céntimo de ese dinero y ciertamente que me disgustaba saber que estaba allí pues no soportaba pensar que él había comprado mi virginidad, ni que había comprado una esposa. No era así por supuesto, yo lo amaba y el nuestro había sido un matrimonio por amor y ese dinero en mi cuenta bancaria me ofendía. Nunca se lo dije, pero casi prefería ignorar su existencia o hacer que desapareciera. Sólo pretendía usar mis ahorros pues siempre guardaba gran parte la abultada mensualidad que él me daba para mis gastos y esperaba poder invertirlo en algo que me diera satisfacción y me quitara el rótulo de esposa mantenida por su esposo millonario. Tenía mi orgullo, diablos. Y en esos momentos tenía algunos proyectos de negocios por internet que me habían recomendado mis amigas de la universidad.

—Esperemos... sólo un poco más—le dije entonces, aunque estaba tan tentada de decirle que sí.

Él me miró con tanta tristeza, con esos ojazos negros que tanto adoraba y temblé. Habría ido al infierno si él me lo hubiera pedido y en esos momentos habría jurado cualquier cosa. Cuando me miraba así, me derretía por completo.

—Por favor, dame un bebé, tengo treinta y pronto seré muy viejo para tener un hijo—dijo.

—Treinta años y te sientes como un anciano? Estás loco, amor.

Él sonrió y me dio un beso ardiente y me dejé arrastrar a la pasión una vez más.

Vacilé, Dios mío, me emocioné hasta las lágrimas cuando casi me rogó que le diera un bebé. Lo amaba tanto, esos meses de casados habían sido maravillosos, y desde que lo había conocido en realidad, supe que había algo muy hermoso y especial. Algo tan grande que se expresaba en una sola frase tan sencilla: Amor.

Sin embargo, no pude decirle que sí.

—Me encantaría Tiziano, pero... sólo dame un tiempo. Cuando pase el verano, ¿sí?

Para eso faltaban dos meses pues el verano recién había comenzado.

Él se acercó y me dio un beso ardiente y desesperado.

—Por favor, ángel. Un bebé... Olvida esa loca historia de ser independiente. Quiero que seas mi esposa y vivas para mí. No debes tener miedo al divorcio, me casé contigo para siempre y nunca te haría daño ni te engañaría, te lo juro. No hay ninguna mujer en este mundo como tú. Nunca habrá otra en mi vida.

Lloré cuando me dijo eso y luego le hizo el amor. Era un hombre apasionado y maravilloso pero muy terco, y cuando algo se le ponía en la cabeza...

Temblé al sentir que expulsaba su simiente y eso la llenaba de un placer intenso, único.

Ahora sabía que se acercaba el día que debía darme la inyección y tenía dudas. Todo era tan maravilloso que me sentía nerviosa, inquieta, como si temiera que algo malo podía pasar de un momento a otro, algo que arruinara mi amor perfecto.

Me vestí deprisa sintiendo tristeza al ver el departamento vacío, la casa sin Tiziano era lo único malo que debía soportar de lunes a viernes, y yo odiaba los lunes. Luego de pasar el fin de semana juntos, pegados todo el tiempo, escapándonos a la mansión campestre del Capricho o visitando a sus tíos en el campo, debíamos separarnos porque él debía ir a su trabajo como todos los maridos del mundo. Ser millonario no lo libraba de sus responsabilidades. Tenía varias empresas que dirigir y supervisar en rubros muy distintos. Publicidad, informática, bienes raíces y él lo hacía todo personalmente porque no creía que fuera buena idea delegar. Eso era lo malo, que había días en los que llegaba muy tarde a casa.

Pensé que necesitaba salir un poco de casa y sentir que podía tener una vida normal.

Todavía me avergonzaba pensar que había formado parte de una agencia que vendía vírgenes, y que de esa forma había conocido a mi marido. Creo que sufría cierta paranoia cada vez que salía con Tiziano, más porque su hermanastro sabía la verdad. Tal vez por eso él evitaba las reuniones familiares, pero el miedo estaba allí, latente.

Debía superarlo. Porque las cosas se dieron así y ahora era feliz por primera vez en mi vida.

Ese lunes sería diferente pues me reuní con mis amigas en un restaurant para conversar y distraerme, pero no podía dejar de pensar en Tiziano.

"Quiero que seas mi esposa y vivas para mí" me había dicho porque sabía que estaba organizando un negocio para tener mi independencia. Pero vivía para él...

—¿Qué sucede Alexia? ¿Problemas en el paraíso? —me preguntó Susy al verme tan callada.

En un momento me había quedado ida.

—Claro que no... estamos pensando en encargar un bebé a París.

Esa frase hizo reír mucho a mis amigas.

—¿Una carta a París? ¿En serio? Qué anticuado suena eso —opinó Helena.

—¿Entonces van a tener un bebé? Pero te casaste hace poco.

Me puse colorada como una idiota.

—Siete meses.

—¿Y dijiste que esperarías al año siguiente para encargar un bebé? —me recordó Susy.

—Sí, es verdad. Pero Tiziano me lo ha pedido varias veces y saben que yo no puedo negarle nada nunca...

—¿Un hijo? ¿Y qué pasará con tu floreciente negocio?

—Mi negocio es online, no tengo que ir a ninguna oficina.

—Deberías ser la secretaria de tu esposo y así poder vigilar a esas secretarias trepadoras de tacones.

Típica frase de Ana. No era la primera vez que me decía que debía darme alguna vuelta por la oficina para marcar presencia.

—Tiziano no es así y si lo pensara no me habría casado con él.

—Ay qué dices, pero si ese hombre te atrapó y te tiene encerrada y atada a la cama. Eso no es bueno. No lo dejes. Es un machista.

Ahora hablaba Susy, la feminista.

—Eso es por casarme con un millonario, las esposas de los millonarios no trabajan y viven metida en la cama. Tú de envidia. Ya quisieras tú—dijo Helena.

Susy se puso roja.

—Pues ni muerta, te lo regalo.

Ana intervino para poner fin a la disputa.

—Bueno dejen de pelear por favor. Alexia, dime ¿qué harás? ¿Ya se han puesto a buscar un bebé?

—Todavía no... pero me está convenciendo. Y mi sueño es mudarme para il Capriccio y vivir allí. La ciudad me agobia, me estresa, pero bueno, él tiene sus empresas aquí y no puede hacer un viaje de dos horas todos los días. Es agotador.

Pensé con nostalgia en la estancia Il Capriccio donde habíamos pasados nuestra luna de miel y primeros tiempos de casados. Añoraba regresar, solíamos ir los fines de semana, pero luego al regresar a la ciudad sentía que cada vez me gustaba menos la civilización. La ciudad era ruido, estrés y nervios. Y contar las horas para que Tiziano regresara a mis brazos.

—Bueno, pero no puedes quedarte en la casita de chocolate para siempre. Eso no es real. Tu marido es un hombre muy ocupado y trabaja demasiado. Dudo que quiera enterrarse en el campo—opinó Helena.

—Sí, ya sé... pero no quiero criar a mis hijos en Milán. Quisiera que crecieran en un lugar más sano. Con otra gente. Esta ciudad se ha vuelto insoportable y peligrosa.

—Milán es el mejor lugar, no te quejes. Eres tú Alexia—intervino Susy.

La miré molesta.

—¿Por qué dices eso?

—Tú no te sientes tranquila aquí, temes que te roben la felicidad. Pero la felicidad se la hace uno, amiga, en donde sea.

—No es eso.

—¿Ah no? ¿Y qué es? ¿Todavía te persigues por lo de la agencia? Por favor, eres su esposa y todos creen que Tiziano D'Este se casó con su secretaria. Deja de preocuparte.

—No es por eso.

—Pues yo creo que sí, Alexia. Vamos, disfruta que la vida te sonríe. Lo has conseguido todo sin nada de esfuerzo, porque te tocó y punto. Aprende a valorar y no intentes escaparte. Y por favor, no tengas un hijo ahora, eres joven y estoy segura que lo harás para complacer a tu marido y luego te volverás loca con la casa llena de pañales sucios y llantos de niños todo el día. Por favor, tienes veintiún años, ninguna mujer sensata tendría un hijo a esa edad.

—Oh por favor Susy, qué exagerada eres—intervino Ana.

Pensaba lo mismo, pero no dije nada.

Tal vez sí tenía ganas de escapar de Milán, porque detestaba el bullicio y la ausencia de Tiziano y porque no quería criar a mis hijos encerrados. Añoraba el campo y una vida distinta, sin tener que asistir a fiestas, sin tener que ir a restaurant atestados y sin las odiosas cámaras y flashes por todas partes. Quería privacidad, mis amigas no me entendían. Ellas creían que todo lo había tenido regalado y por eso no lo valoraba.

—Anímate por favor, eres la perfecta cenicienta, buena, hermosa y con un príncipe millonario—dijo Susy.

Todas se miraron y sentí que era una tonta quejosa que no valoraba nada.

—Tienes mucha suerte, piensa en eso, la mayoría debe ganarse el pan y no sólo no encontramos un príncipe ni siquiera un hombre que valga la pena—se quejó Helena.

Supongo que tenía razón. Noté que se miraban unas a otras y sentí que de alguna forma ellas me creían una consentida que no valoraba nada. Tal vez por eso nuestras reuniones se había espaciado luego de mi boda. Ya no era como antes y eso me dio tristeza.

Había notado eso con mis familiares, muy pocos fueron a mi boda, aunque yo sí los invité, pero ellos debían creer que como ahora tenía un marido rico no quería saber nada de ellos y no era justo.

Cuando me despedí y regresaba al departamento decidí caminar unas cuadras seguida de cerca por mi chofer y esos robustos guardaespaldas a una distancia cercana. Nunca podía escapar de ellos. Tiziano insistía en que fuera a todos lados con esos perros guardianes para que nada me pasara. ¿Pero qué rayos iba a pasarme?

Mi secreto. La historia secreta de la cenicienta me perseguía. Que alguien supiera que había formado parte del Staff de esa infame mujer que vendía vírgenes me hacía sentir enferma por momentos. Sólo mi marido y mis amigas sabían de mi secreto y sabía que ninguno diría nada, pero...

En ocasiones me atacaba la ansiedad. Temía que alguien lo supiera y me chantajeara y que Tiziano se sintiera mal por mi culpa. Es que lo amaba tanto y temía que algo nos separara un día. Creo que moriría si algo así hubiera pasado.

—Alexia... Alexia.

Me detuve en seco, esa voz, conocía esa voz y de repente la vi. A Betty de la mano de un hombre alto y apuesto.

Quedé muy sorprendida. Mi antigua amiga estaba allí, pero había cambiado mucho, ahora lucía una panza de embarazo y estaba vestida diferente por supuesto. Claro que no sabía quién era él, pero... ella fue la encargada de hacer las presentaciones. Se había casado con su novio inglés y estaba de paso por Milán. Fred era un hombre de unos treinta años, alto y corpulento, de cabello oscuro y ese donaire que tienen los ingleses de clase alta que parecen haber nacido caballeros. No sé.

—Ay amiga, qué sorpresa, ven tenemos que conversar... ¿estás bien? ¿Cómo va todo? Supe que te casaste con Tiziano—me preguntó mirándome con ansiedad.

La miré algo aturdida.

—Sí. Estoy bien, muy feliz. Ya cumplimos seis meses de casados con Tiziano, y tú ¿qué ha sido de tu vida?

—Me fui a Londres, lo sabes, con red. Nos casamos hace poco. Ahora tengo su apellido y además... estoy esperando un bebé.

—Sí, eso noté, pero no estaba segura.

Betty sonrió radiante, se había cambiado el color de cabello y ahora lo tenía oscuro con unos mechones rojos, le quedaba bien y se veía rozagante y feliz. Sin embargo, pensé que todo había ocurrido muy deprisa y recordé que ella quería librarse de Randall. Me pregunté si lo había conseguido.

—Ven, vamos a comer algo, muero de hambre—dijo Betty de pronto y se deshizo de su marido que al parecer quería ir a una tienda a comprarse zapatos y era muy indeciso y tardaba horas para decidirse.

El cambio en Betty era notorio. Se veía distinta, feliz, y no tardó en hablar loas de los ingleses y de lo lindo que era Londres para vivir.

Supuse que decía eso porque tenía un marido inglés guapo y gentil, de lo contrario Londres podía ser una ciudad muy solitaria si no conocías a nadie. Eso había oído una vez.

Entramos en el café y pedí una gaseosa. Acababa de comer con mis amigas en un restaurant y no tenía hambre, mi amiga en cambio se pidió una hamburguesa doble con papas fritas y ensalada.

—Mi doctor dijo que debo comer más verduras —se excusó mientras se zampaba un montón de papas fritas y me hacía un guiño—Y yo creo que una forma tolerable es mezclando verduras con la chatarra.

Sonreí.

—Esas verduras no son saludables. Hazle caso a tu doctor. Tú comías verduras antes. Te cuidabas.

—Claro, tú bien lo has dicho: antes. Ahora se me da por comer cosas que no... antojos supongo—dijo y engulló un trozo de hamburguesa lo que la mantuvo muda un buen rato.

—Entonces todo salió bien? Me dejaste preocupada. Huiste de Milán la última vez, porque Ravena—miré a mi alrededor inquieta, por momentos tenía la rara sensación de que me espiaban. Paranoia supongo. No había nadie que me mirara en ese café.

—¿Qué sucede Alexia? ¿Hay alguien aquí?

—No, nada... es que a veces tengo la idea absurda que me observan. No sabría explicarlo, sé que es una tontería. Cuéntame. ¿Qué pasó?

—Pues nada, me fui a Londres con Fred, el inglés que conocí en mi antiguo trabajo. Quería empezar una nueva vida y sabía que sólo podía ser en otro país.

—¿Y cuánto tiempo tienes de...?

—¿De embarazo? —Betty se puso seria.

Era una pregunta impertinente, es que me pareció que tenía más tiempo del declarado.

—Sí, es algo pronto, pero... Tengo cuatro meses y medio declaro, pero la verdad que tengo cinco casi.

—¿Por qué has declarado menos? Ya se te nota, Betty. ¿Qué pasó?

—¿Tú qué crees?

Me quedé tiesa cuando ella me confesó la verdad.

—Es que me embaracé de Randall... pero él nunca lo sabrá ¿entiendes? Y, además, mi esposo cree que es suyo porque salía con los dos en ese momento.

—¿Y cómo sabes que no es de tu esposo?

—Diablos, tú eres mujer. Si quedaras embarazada sabrías bien quién es el padre. Además, ese maldito nunca se cuidaba y yo tuve otro embarazo antes y me hice un aborto. Tú sabes que no me dejaba en paz y no siempre aceptaba que me negara. Era un infierno hacerlo con él, a lo último estaba tan desesperada y asqueada que me escapé. Y vine aquí a solucionar lo del departamento, nada más. No regresaré. No quiero ni cruzármelo.

—Bueno, entiendo... vaya. ¿Pero él no te buscó luego de que te fueras?

—Sí, todo el tiempo. Fred dijo que lo matará si lo ve cerca de mí y creo que eso lo ha frenado.

—Vaya, por eso querías irte. Sabías del embarazo.

Betty asintió.

—Pero él no puede saberlo nunca. No quiero que se acerque a mi bebé ni a mí. Soporté a ese hombre porque me pagaba bien, era muy generoso, nada más. Pero él estaba loco, quería que me casara con él y me asustó. A lo último se convirtió en algo muy enfermizo.

—Pues me alegra que no te casaras con él.

—¿Casarme con Randall? ¡Ni loca! Pero ¿y tú? ¿Cómo va tu matrimonio con Tiziano? Es la historia de la Cenicienta, ni más ni mes.

Sonreí.

—Es la segunda vez que escucho eso este día.

—¿De veras?

—Sí, es que me encontré con mis amigas. Dijeron que no podía quejarme porque vivía la historia de Cenicienta.

—¿Entonces quieres quejarte?

—Claro que no... es que bueno, Tiziano trabaja mucho y a veces se me hace eterno el día. Salgo y todo, pero lo extraño mucho. Y ahora... quiere tener un bebé.

—Oh de veras? ¿Y qué esperas? Dale ese bebé ahora.

—Es que quería esperar. Llevamos poco tiempo de casados.

—¿Qué vas a esperar? No dejes pasar un minuto de felicidad. La vida es tan corta, tan efímera, Alexia. Y los malos tragos llegan cuando menos te lo esperas y te arrepientes de no haber sido feliz.

—Bueno, supongo que tienes razón. Es que creo que no estoy preparada para ser madre. Me gustaría sí, más adelante, en un par de años tal vez.

—Sí, te entiendo tú tienes veinte.

—Veintidós recién cumplidos.

—Sí, yo soy más grandecita, cumplí treinta el otro día y sin embargo me siento rara.

—Y por qué no...

—¿Por qué no lo aborté? Pues porque Fred estaba muy ilusionado, a él le encantan los niños y no pensé... no pienso que sea de Randall. Es mío y punto y será mío y de Fred. Quería tenerlo. Ahora me siento más respetable, una mujer distinta porque además soy la señora de un caballero inglés. Lo más irónico es que Randall también es inglés...

—Bueno, supongo que fue mejor así, pero Ravena ¿qué pasó con ella?

La cara de mi antigua compañera de piso cambió. Ravena, la dueña de la agencia Elite Models que tenía negocios clandestinos de venta de vírgenes. Se fugó antes de que pudieran echarle el guante y nunca más se supo nada, como si la tierra la hubiera tragado.

—Esa zorra se fue muy lejos y tiene amigos en las altas esferas. Nunca iban a tocarla. Pero por las dudas se largó y he oído que tiene un nuevo negocio en Nueva York. Se fue lejos y es lo mejor. Me puso muy tensa que saltara toda esa inmundicia y me salpicara.

—Y tú crees que realmente se fue a Estados Unidos?

—Bueno, es lo que oí de ella. Olvida a Ravena, deja en paz ese asunto, yo lo hice y estaba mucho más implicada que tú en esa historia.

—Es que temo que alguien lo sepa y me haga chantaje, además...

Y entonces le hablé del incidente el día de mi boda con el hermano de Tiziano.

—Diablos, no lo sabía. Esa perra te traicionó. Por mucho dinero seguramente.

—Temo que él haga algo o le diga a alguien y mi secreto se sepa. A veces tengo la sensación de que me observan.

Betty se puso muy seria.

—No digas eso... No puedes vivir pensando que ese tipo te delatará. Yo creo que fracasó como un perro intentando hacerte daño. Tiziano le daría una paliza, además, dudo que se atreva ahora que eres su esposa y más si él es tu cuñado.

—Pero ¿y si alguien más lo descubre?

—Alexia, despierta. No puedes vivir pensando esas cosas. Cielos. ¿Y cómo debería sentirme yo que lo hice por dinero durante años? Si pensara así estaría en un manicomio a esta altura ¿y sabes qué? que ni siquiera pienso en eso ni me acuerdo ya.

—Sí, supongo que tienes razón, pero no es tanto por mí sino por mi marido, él es rico y su familia es muy importante. Si descubren que hice ese video... Son aristócratas.

—¿Y qué? En ese video estas con ropa y no haces nada más que mostrarte en poses sexys. Vamos, deja de atormentarte y dedícate a hacer feliz a ese marido guapo y millonario que tienes. Eres afortunada, ¿lo sabes? Y no lo dejes escapar por nada del mundo porque ya no quedan hombres así, apuestos y caballeros además de ricos.

—Jamás lo dejaría escapar, ¿me crees boba?

—Entonces olvida el pasado, por Dios, eras virgen. Él fue tu primer hombre, ¿quieres algo más inmaculado que eso?

—¿Y qué pensarían si supiera que estuve a punto de vender mi virginidad por dos millones de euros?

—¿Qué pensarán? Nada. Hoy día, ¿a quién le importa? Todo es tan fugaz, tan loco y fugaz debería agregar. Un día estás en lo alto y al siguiente te olvidan. No habrá ningún escándalo y si pasa, bueno, qué importancia le darán cuando se han subido videos íntimos de las celebridades a las redes. ¿Quieres algo más embarazoso que eso?

—Supongo que no, pero es incómodo para mí, pensar que alguien cerca de la familia sabe eso y...

—Pues ya te dije, no creo que haga nada, no se atreverá. Además, Tiziano sabe toda tu vida y tu pasado es casi inmaculado. Y cuando quieras perseguirte con esas tonterías acuérdate de mí. Logré arreglar ese mamarracho de vida que tenía, lo hice. Dejé esa vida y ahora soy otra. Tengo esposo y al fin un lugar al que puedo llamar mi hogar. Mi marido no será un millonario, pero tiene una posición sólida y es un buen hombre. Tan dulce, compañero.

Betty tenía razón. Debía dejar de preocuparme.

—Alexia... Escucha, antes de irme quiero pedirte algo. Mi marido vendrá de un momento a otro creo. Pero si llegas a ver a Randall, por favor, no le digas que me has visto.

—¿Y por qué tendría que verle?

—Mejor que no lo veas, pero es tan loco que...

—¿Entonces él todavía te busca, Betty?

—Sí. Por desgracia no ha dejado de buscarme. Es un demente... si llegas a encontrarlo, si tienes la desgracia de encontrarlo ignórale, sí y por supuesto, no le digas nada que me has visto.

—Dudo que se acerque a mí, Betty. Sabe que soy la esposa de Tiziano Castelli. No se atrevería. Además, ¿no sabe Randall que tú estás casada ahora?

—Lo sabe, por supuesto. Yo se lo dije porque se pasaba llamándome, tuve que cambiar el número y hasta se fue a Londres a buscarme.

—Pero no quieres que sepa que estás embarazada, porque no lo sabe, imagino.

—No, y no quiero que lo sepa. Demonios. No sé cuándo demonios me dejará en paz, es como si supiera.

—¿Y por qué hiciste todo eso, Betty?

Mi antigua amiga se puso colorada y sus ojos brillaban de rabia.

—¿Y por qué crees tú? Estaba harta de él, ni loca me habría casado ni nada parecido. ¿Tenencia compartida con ese patán? En la puta vida.

—Bueno, te entiendo. Quédate tranquila, claro que no diré nada que te vi. Debería dejar de perseguirte ahora que sabes que eres casada.

—Debería sí, si fuera un hombre normal. Pero no lo es. Nunca lo fue.

—No diré nada. Bueno, debo irme cuídate Betty.

La llegada de Fred fue lo más oportuno para despedirnos pues en esos momentos había cierta incomodidad por la mención de Randall.

Nos despedimos y dijimos que nos llamaríamos, me pasó su número nuevo minutos antes pero no sé, tuve la sensación de que no volvería a verla y que ese encuentro había sido como un viaje al pasado y la despedida de mi antigua vida cuando alquilaba un departamento con Betty y soñaba con vender mi virginidad por un millón de dólares. Entonces no sabía que ella ejercía el oficio más antiguo del mundo, lo supe por Randall, los vi juntos y... fue una impresión muy fuerte. ¡Cuántos recuerdos!

Me quedé pensando en sus palabras. Debía dejar de preocuparme tanto y, sin embargo, mientras dejaba atrás ese café miré a mi alrededor con cierta paranoia. ¿Estaba ese chiflado cerca del restaurant mirando todo?

De pronto sentí la mirada de un hombre cerca de allí, un hombre alto bien vestido, de cabello oscuro y muy corto y temblé, temblé porque recordé las palabras de Betty. Por un instante de terror pensé que era Randall, pero no era él, por suerte, sino uno de esos mirones atrevidos que se quedaban mirándote esperando alguna respuesta de tu parte, pero no tendría ninguna por supuesto.

Me alejé y nerviosa tomé un taxi para volver al departamento a tiempo, no quería esperar a que mi chofer fuera a buscarme.

Estaba temblando cuando entré en casa, jadeando y con el corazón acelerado. Fue como si viajara en el tiempo y reviviera esa locura de sentir que me seguían. ¿Acaso Randall estaba cerca y me había visto? No quería tener nada que ver con ese hombre. Betty y sus líos, diablos. Mi vida era muy tranquila ahora. Tenía un esposo, un hogar y planes de formar una familia.

Fui a darme un baño y a ponerme ropa sexy para esperar a Tiziano.

El agua caliente me relajó bastante, pero sentí que necesitaba algo más fuerte. En esos momentos, con el cabello todavía húmedo me habría tomado un trago doble de whisky, pero sabía que mi marido odiaba tanto el aliento alcohólico y de cigarro. Tenía suerte en que no tuviera vicios. Hoy día todas las mujeres fumaban.

Sólo por eso no me tomé ese trago y traté de distraerme mirando la televisión.

Tiziano llegó poco después. Traía un ramo de rosas y una sonrisa en su rostro. Corrió a mi encuentro y me tomó entre sus brazos. El aroma de las rosas nos envolvió, sabía cuánto me gustaban su forma y su perfume.

—Gracias, son preciosas—le dije.

Él me besó.

—Tú eres mi rosa—me respondió él y me dio un beso apasionado.

Sentí que su perfume inundaba mis sentidos. Me encantaba esa fragancia cara y sofisticada porque olía a él, a Tiziano. Y me encantaba hacer el amor cuando llegaba cansado del trabajo, pero ansioso de estar conmigo... ese día había ido al gimnasio y se había duchado antes de regresar, por eso llevaba jeans y un sweater y se veía tan guapo y seductor. Sentí celos al pensar en las chicas del gimnasio en las oficinistas que debían mirarle...

Pero sabía que lo nuestra era especial, y que estábamos muy enamorados.

Un beso suyo, ardiente y apretado y todos mis nervios se evaporaron. Y esos besos me guiaron a su miembro erguido y húmedo por la excitación. Ansiaba tomarlo entre mis labios y devolverle esas caricias ardientes. Había aprendido a hacerlo, a darle placer y también él me había enseñado a buscar el mío y a disfrutar todo lo que hacíamos. Juegos y caricias que lo volvían loco, que lo sumían en la desesperación. Y mientras me veía arrodillada ante él en una posición de sumisión completa sentí que gemía y me miraba con sus ojos negros.

—Eres maravillosa cielo—dijo entre suspiros.

Y desesperado me llevó a la cama para quitarme las bragas y llenarme de besos húmedos y profundos. Eso me volvía loca y lo sabía, por más que trataba de prolongar el instante de máximo placer cuando sentía sus besos allí oh, era una deliciosa tortura. Pero a él le gustaba mucho enloquecerme y prepararme para la cópula.

Cada vez que hacíamos el amor era especial, pero esa noche cuando entró en mi vagina me dijo:

—Voy a hacerte un bebé mi amor... quiero hacerte muchos bebés, sabes cuánto lo deseo. Por favor. Sólo uno por ahora. Deja de cuidarte, olvida esa inyección.

Yo siempre me negaba y sin decir palabra iba a la clínica. Pero de pronto desee darle un hijo. Era mi amor, mi marido, mi hombre y mi mayor anhelo era hacerle feliz. Recordé los consejos de Betty: no lo dejes escapar, dale todo lo que te pida no sólo en la cama...

Y mientras sentía que nos fundíamos en un solo ser y sentía que me llenaba con su placer le dije:

–Te amo Tiziano, y quiero darte un hijo... sueño con tener un bebé contigo. Quería esperar, pero ya no quiero esperar, si tú quieres...

Él sonrió al oír mis palabras, sonrió feliz, mirándome con tanto amor.

—Preciosa, me haces tan feliz.

—Pero quiero pedirte algo... mudarnos a una casa más cómoda a un barrio tranquilo.

—Por supuesto... ya lo había pensado. Pero era una sorpresa para ti.

—¿Una sorpresa?

—Sí... en una semana podrás verla y nos mudaremos si te agrada. Es una preciosa casa con jardines en las afueras.

—Qué maravillosa noticia.

—Esta lo es para mí, preciosa, sabes cuánto deseo tener un hijo contigo, es un sueño.

Para mí también lo era, pero tenía un poco de miedo. Tal vez era normal que lo tuviera.

LOS DÍAS PASARON Y traté de no pensar que falté a la cita con mi inyección anticonceptiva tras avisar en la clínica y que podía quedar embarazada de un momento a otro. Eso me asustó un poco, lo confieso. Estaba nerviosa.

Deseaba darle un hijo, pero me asustaba un poco. Pensé que no estaba preparada, o que tal vez todas las mujeres tenían miedo cuando quedaban embarazadas por primera vez.

Y en sus brazos, esa noche mientras hacíamos el amor y rodábamos por la cama temblé al sentir que entraba en mí y me rozaba con desesperación. Lo deseaba sí, era maravilloso, pero luego que sentí que me llenaba con su semen y que este llegaba a lo más profundo, temblé y no pude disfrutarlo. Estaba aterrada de sólo pensar que podía quedar embarazada. Fue un instante, pero no pude evitarlo.

—Alexia, te amo...—me dijo él.

Y yo lo amaba. Lo amaba, pero tenía miedo, pesé que me había precipitado al decir que le daría un hijo. Pero se lo había prometido, lo había hecho y él lo deseaba tanto...

—Te amo Tiziano—le respondí al tiempo que mi cuerpo convulsionaba de placer y amor. pero estaba asustada de pensar que podía quedar embarazada.

Se lo había prometido sí, lo había hecho, pero no estaba lista para ser madre.

AL DÍA SIGUIENTE IBA a ir a la clínica, pero un suceso inesperado cambió mis planes. Mientras me preparaba para salir noté que Tiziano todavía estaba en el departamento y hablaba con alguien por teléfono muy preocupado.

—¿Qué? No puede ser—dijo—Demonios. ¿Qué pasó?

La voz misteriosa le dijo algo que lo inquietó mucho más, y yo de forma instintiva me acerqué y permanecí expectante intuyendo que algo no estaba bien, pero tuve que esperar a que cortara el teléfono para que me lo dijera.

Sus ojos oscuros me miraron consternados, brillaban con intensidad y noté que se había puesto pálido.

—Es mi padre, ángel.... Sufrió un ataque. Debo ir al hospital, pero demonios, está en Roma y tardaré horas en llegar con este tráfico.

—¿Irás a Roma ahora?... pero ¿qué ha pasado?

—Mi padre tuvo un paro cardíaco, fue inesperado y no saben qué pasará.

—Tranquilo... yo iré contigo, pero puedes pedirle a tu chofer que te lleve, no es bueno que manejes ahora, estás muy nervioso.

—Sí, supongo que tienes razón, pero no quiero esperar. Debemos partir ahora. Empaca algo de ropa, mi amor, creo que deberemos quedarnos unos días en Roma.

Obedecí y junté algo de ropa y le pedí ayuda a Nelly, que justo había llegado minutos antes para realizar el aseo.

Finalmente logré convencerle de que su chofer nos llevara, no era buena idea que él manejara, se veía pálido y demacrado. Además, pude abrazarlo y besarlo, tenerle en mis brazos y consolarle porque sabía lo nervioso que estaba en esos momentos, pues a pesar de tener una relación algo tirante con su padre enfrentado a la posibilidad de perderle era terrible para él. Tan inesperado... un hombre tan lleno de vida, con una esposa joven, siempre sonriente y amable.

Pero Tiziano no lo veía desde hacía tiempo, es decir, se veían por asuntos de la empresa porque tenían negocios en común pero no había visitas familiares ni nada, Tiziano quería mucho más a sus tíos viejos, esos aristócratas divertidos que visitábamos algunos fines de semana. Pero sabía que era por ese hijo bastardo que su padre tuvo casi escondido, Marco Castelli, la razón de su enemistad y alejamiento, además de que abandonó a la madre de Tiziano cuando él sólo tenía nueve años y esas cosas sembraron heridas en su corazón. Aunque su padre nunca perdió contacto su madre murió joven, de cáncer y él siempre culpó a su padre de ello. Él no creía mucho en el matrimonio y no quería pensar en tener hijos, hasta que me conoció a mí, eso me confesó una vez. Su infancia solitaria lo había marcado, pero sé que entonces sus tíos trataron de ocupar el vacío que dejó su padre, sus tíos y su abuelo materno de quien heredó su temple y esos ojazos negros.

Cuando llegamos a Roma encontramos las calles atestadas y tardamos mucho más en poder entrar en el hospital lujoso, una clínica privada por supuesto. Tiziano estaba molesto, furioso y nervioso a la vez.

—No sé por qué estoy aquí, por qué la prisa—dijo entonces.

Lo abracé con fuerza y él me besó allí frente a todos, un beso ardiente y desesperado. Luego sonrió y me miró.

—Me muero por hacerte mía—susurró mirando mis labios.

Sonreí y me puse colorada.

—¿Aquí?

—Sí, hermosa... aquí. Al diablo con todo, no quiero estar aquí, quiero estar en una cama contigo.

—Pero tu padre.

Su mirada cambió.

—Sí, mi padre, por desgracia... debo verlo. Pero luego no escaparás, preciosa.

Sonreí y él volvió a besarme y luego entramos en la sala de urgencias, tomados de la mano.

No esperaba encontrarme cara a cara con ese hermano suyo Marco Castelli. Fue como ver al diablo, ese sujeto era realmente oscuro, su mirada fría y la forma en que nos miró sin ocultar su malhumor, como si fuéramos intrusos. Tiziano se puso tenso nada más verle y no lo saludó, a pesar de que vino a nosotros con esa intención, pasó de él y se acercó a un enfermero alto y robusto para preguntarle cómo seguía su padre.

Fueron momentos de mucha tensión y nervios.

—Su padre está grave, señor Castelli—le respondió el enfermero.

Mientras hablaba con él, Marco se acercó.

—Llegas tarde, como siempre. Y finges estar preocupado, pero tú nunca has estado cerca de papá.

Esas palabras atrevidas crisparon a Tiziano, pero no me sorprendió, cada vez que se encontraban terminaban a los insultos y hasta los golpes como la última navidad. Demonios, qué momento tan tenso fue ese, nuestra primera navidad juntos y ese sujeto se había encargado de arruinarlo. Y esa vez no sería la excepción.

—¿Tú padre? —le dijo Tiziano mirándole con odio—¿De veras? Él es mi padre, y tú... quisiera saber de quién eres hijo porque todos saben que tu madre era una cualquiera que se acostaba con adinerados todo el tiempo. Mi padre fue uno más.

Tiziano estaba fuera de sí y Marco lo enfrentó, también furioso la emprendió contra él dispuesto a pegarle por supuesto, acababa de llamar ramera a su madre, algo que según mi esposo era cierto, pero Marco no lo tenía muy asumido. La defendía a muerte y Tiziano aseguraba que ese tipo no era su hermano, pero el imbécil de su padre sí lo creía por eso estaba metido en la empresa y en todos los negocios. Pero oh cosa extraña, también dirigía las empresas de un hombre que fue un antiguo amorío de su madre y al parecer le había nombrado heredero de sus bienes... Tiziano sospechaba que ese era el verdadero padre de Marco y no su padre, pero era un tema delicado que siempre lo había enfrentado a su padre porque él le defendía siempre.

Por fortuna no llegaron a golpearse porque tres hombres estuvieron allí, uno de ellos era Giovanni, el hermano menor de Tiziano y a quién veía con más frecuencia, los otros no sé, pero fueron muy efectivos para separarles en el instante en que empezaban a volar puños de un lado a otro. Yo no intervine, pero sí lo agarré cuando lo separaron de ese hermanastro que no era más que un perro rastrero.

—Pagarás por esto, haré que lo pagues. Ya verás. Un día vamos a ajustar cuentas y tú saldrás perdiendo—le gritó luego.

Siempre amenazando, pero Tiziano se reía de él en la cara y en los enfrentamientos lo humillaba sin esfuerzo. Pero en esa ocasión quedó furioso y ciertamente que fue un momento muy desagradable para todos.

—Por favor cálmate. Ignora a ese hombre, no importa lo que te diga—le dije cuando estuvimos a solas.

Pero él estaba mal, nervioso por su padre y verle allí, fue demasiado.

—No tiene derecho a estar aquí, no es mi hermano. No es nadie para mí, nada más que un insecto molesto. En realidad, no sé por qué vine porque mi padre nos dio la espalda hace años... y sin embargo quiere verme, quiere hablar conmigo. Hoy dijo eso.

—Y debes hablar con él, tal vez esta sea una oportunidad de hacer las paces y acercarse. Es tu padre.

Mi marido no es mostró tan optimista. Su relación con el padre era muy tensa, le guardaba rencor por muchas cosas y su relación no era lo que debía ser, era muy fría. Ni que decir que la presencia de Marco lo alteraba todo.

Y en esos momentos difíciles sólo podíamos esperar. Esperar largas horas en la sala de hospital a que el señor Castelli se estabilizara porque estaba muy grave, ahora su vida realmente pendía de un hilo, lo supe cuando Tiziano habló con el doctor.

Y debíamos quedarnos porque podía ocurrir lo peor de un momento a otro. Así que nos sentamos y aguardamos en la sala alguna noticia. Pero Marco se fue, por suerte en realidad, yo no quería ni verlo era un desgraciado y cada vez que me lo encontraba me miraba como si disfrutara al recordarme que sabía mi secreto. Sabía que buscaría la forma de delatarme, de decirle a la familia de Tiziano que nunca fui su secretaria sino la joven dispuesta a vender su virginidad por un millón de euros.

Traté de serenarme, no podía estar siempre así persiguiéndome con la posibilidad de que me delatara. ¿Y si lo hacía qué?

No quería pensar en eso. Ahora no era el momento. Debía contener a Tiziano que tenía los nervios de punta y había quedado mal, rabioso y con ganas de partirle la cara a su medio hermano. O hermano de mentira como le decía él.

Por suerte sus hermanos y primos se quedaron a su lado.

Sin embargo, noté que había dos bandos claramente marcados en la sala de hospital, los parientes del padre y la línea materna, hermanos, primos y gente neutral que debían ser socios y amigos, que también estaban allí zumbando aquí y allí como moscas con sus teléfonos celulares. Ciertamente que me molestó ver gente que no era tan cercana estar allí al pendiente, cuando eso era una sala de hospital y además un lugar donde estaban los enfermos más críticos. No era el sitio apropiado para desfilar con modelos chanel ni trajes caros y parecía una fiesta de ejecutivos del jet set.

Tiziano también se fastidió y habló con una enfermera para que despejara la sala.

—Mi padre está grave, no puede estar toda gente aquí —se quejó.

Por suerte se fueron, pero quien regresó dos horas después fue Marco al tiempo que salía el doctor y pedí a los familiares más cercanos que se acercaran un momento. Traía una cara tan larga que temimos lo peor.

—El señor Castelli, está grave pero estable. Sin cambios.

Esa frase no decía nada, decía que todo estaba igual. ¿Estable era mejor? No, era que estaba igual, eso dijo el médico.

—No puedo dar esperanzas, estas horas son cruciales. Pero es un hombre fuerte, no fuma y es sano. Pero tuvo un accidente vascular y temo que si se recupera nada será como antes.

Nada sería como antes. Eso repitió Tiziano cuando nos alejamos.

—Necesito un café—se quejó—un café y un trago para no estrangular a ese imbécil.

Estaba furioso y mal por todo ese asunto y cuando nos detuvimos en el restaurant más cercano se desahogó.

—No debí venir... ahora morirá y me hará sentir como un perro, como si fuera mi culpa.

—Tiziano, no... no digas eso. Hiciste lo que te dictaba tu corazón. Eres noble y debías ver a tu padre. Además, el médico dijo que es fuerte.

—Sí, pero tal vez abusó del viagra, por eso tuvo el ataque. Tiene una esposa joven... es la primera señal de vejez en los hombres: casarse con una mujer treinta años menor y luego hay que darle a la jovencita lo que pide y...

—Tiziano, por favor. No hables así. Muchos lo hacen, son hombres y los hombres llegan a una edad que se sienten un estropajo y tener una mujer joven los hace creer que pueden recuperar la juventud perdida.

—¿Juventud perdida? Mi madre era joven, era hermosa y dulce, y él la engañaba con otras mujeres y la hacía sufrir. Podría haber vivido más de no haber hecho lo que hizo. Si quería andar con mujeres pues ¿quién lo mandó a casarse? No. Mi padre siempre fue un mujeriego.

—Sí, entiendo lo que dices amor, pero ¿qué sentido tiene que ahora te amargues por eso y te llenas de odio por tu padre? Él se fue sí, pero siempre estuvo en contacto contigo y tus hermanos. No era lo ideal, no era lo que tú querías, pero al menos estuvo allí. Y ahora se está muriendo. Esa es la verdad. Y te llamó a su lado porque quiere despedirse y tal vez quiera decirte algo. No lo culpes de la muerte de tu madre, él no la mató. Te hace mal. Por favor.

—Pero sufrió mucho por su culpa y eso no lo olvido. Siempre enredado con alguna mujerzuela astuta.

—Bueno, las mujeres son su debilidad, los mujeriegos son así, nunca cambian, es lo que dice siempre mi madre. Perdido en las faldas para siempre. Infiel, pícaro... es como una enfermedad. No pueden vivir de otra forma, no saben hacerlo. Pero él estuvo allí, no lo olvides, no dejó de verlos y sé que te quiere a ti y a tus hermanos, Tiziano. Piensa eso. No puede ser diferente, ni puede ser el padre que tú quieres que sea. Pero sé que has tenido tíos y un abuelo que hizo las veces de padre. Trata de ser positivo, no guardes tanto rencor por algo que no puedes cambiar. Más ahora que tu padre está tan grave.

Él me miró con fijeza.

—Lo que sé que si tengo un hijo te aseguro que siempre estaré allí para él, siempre... verle crecer, estar allí a su lado. Yo nunca te engañaría preciosa ni te dejaría, eres todo para mí y ahora mismo me muero por tenerte entre mis brazos y hacerte el amor.

Me hizo poner colorada la forma en que me miró y lo dijo y de pronto sentí un cosquilleo recorrerme y me excitó el sólo imaginarme que haríamos el amor.

—Me encantaría, pero no podemos, mi amor—le dije y sonreí.

Él me miró con esos ojazos negros que me hacían temblar.

—Al diablo con esto, hermosa. Te quiero a ti, por favor.

—A mí... ¿ahora?

Tiziano tomó mi mano y la besó con suavidad.

—Sí, ahora...

—Pero debemos regresar.

—Lo sé, maldita sea... sólo diez minutos, quince. Me muero por hacerte el amor.

—Pero...

—Sé de un lugar. Un hotel cerca de aquí. No quiero quedarme encerrado todo el día en ese bendito hospital.

Acepté sintiéndome mal, no era correcto, su padre estaba grave pero también me moría por estar con él. Hacer el amor sin pensar en nada más, darle amor y placer como él me había enseñado...

Fuimos a un hotel que había a unas cuadras donde él tenía una habitación siempre disponible. No pregunté por qué hasta que sonrió y dijo que ese hotel era suyo.

Entramos a la suite nupcial abrazados y sin dejar de besarnos, sin pensar que estaba mal, sólo cuanto lo deseábamos. Estar juntos en esos momentos para él fue aliviar tensión, fue saciar una necesidad apremiante y salvaje y para mí, un deseo desesperado... cuando me desnudó y él se detuvo a mirarme vi cómo su miembro grueso estaba más que listo para entrar en mí, se excitaba con sólo mirarme, pero yo quería más, quería besar esa maravilla y atraparlo en mis labios. Y luego enloquecerle, volverle loco al punto de que se muriera de deseo y amor por mí...

Cuando caímos en la cama él entró en mí y fue la gloria, fue el éxtasis, fundirnos en ese abrazo apretado y apasionado y sentirle dentro de mí, sentir su mirada oscura, tan llena de amor...

Rodamos por la cama y gemí de placer al sentir que me rozaba sin piedad inundándome con su simiente haciendo que estallara y luego abrazados desee hacerlo de nuevo.

Caí rendida en sus brazos y lo besé una y otra vez y él atrapó mi boca y cayó sobre mí.

—Preciosa, ven aquí, todavía tenemos tiempo. Podemos hacerlo de nuevo.

Sonreí, tampoco quería salir de esa cama. Pero en realidad quería volver a nuestro nido de amor y quedarnos allí el resto del día.

—Te amo Tiziano—le dije temblando de deseo.

Él se detuvo y me miró.

—Y yo te amo mucho más, ángel. Tanto que siento que moriría por ti... moriría si me dejaras.

—Por favor, no digas eso, ni siquiera lo pienses. Nunca te dejaría.

—Pero él quiere alejarte de mí, ya intentó hacerlo una vez.

Temblé al comprender que hablaba de su medio hermano Marco.

—Lo mataría si se acercara a ti o te hiciera algo, ya se lo advertí y lo haré.

—Olvida eso por favor—le dije— sólo hizo lo que hizo para fastidiar. Nunca se atrevería y tú tienes demasiados problemas para prestarle atención a Marco.

—Pero yo vigilo sus pasos, Alexia. Siempre. Cada uno de sus movimientos y sé que ha estado cerca de ti, espiándote. ¿Por qué crees que siempre vas con chofer a todas partes y guardaespaldas? Ese maldito trama algo.

—Lo hace para molestar, no creo que haga nada. No es más que un maldito cobarde. Por favor, deja de pensar en él. Ni siquiera es tu hermano, no lo consideras cercano, si lo odias así dejarás que forme parte de tu vida y es lo que siempre has evitado.

Él me miró sorprendido.

—Sé que lo odias. Cada vez que lo ves pelean terminan a los golpes y ese odio no es por Marco, es lo que él representa para ti. Lo odias porque es muy cercano a tu padre y él ha logrado alejarte de tu padre, no es justo. Pero en realidad es un odio que se retroalimenta porque ninguno de los dos quiere parar.

—Y no me detendré jamás, ángel. Y esto terminará el día que ese gusano desaparezca de la faz de la tierra, hasta entonces lo tendré en la mira, siempre.

—Pero ignora a ese hombre, no puedes odiar tanto a alguien.

—Es un maldito impostor y esta guerra recién empieza. Y nunca se detendrá porque sé que ese perro quiere arruinar mi vida, no soporta saber que tú eres mía porque en su vida jamás ha podido tener una mujer guapa a su lado. Sólo rameras y ni siquiera por dinero se quedan con él. Y no olvido que él quiso robarte de mi lado una vez, usurpando mi identidad.

—Tal vez no sabía que tú estabas interesado en mí.

—Claro que lo sabía por eso lo hizo. Por favor, no quiero hablar de ese gusano, sólo espero la ocasión para aplastarlo como lo que es, un maldito insecto.

Tenía razón, no podía siquiera hablar de él porque eso le molestaba, despertaba sus celos y parecía aumentar su odio. Era imposible que cambiara de actitud y era tonto insistir. Y lo único que funcionaba era mantenerlos alejados, pero en esos momentos no sería fácil.

Fui a darme un baño y al regresar noté que Tiziano hablaba por celular algo tenso. Temblé pensando que le había pasado algo a su padre, era como habernos escapado de tanta tensión y nervios, pero todo estaba allí, tan cerca...

Aguardé con el corazón palpitante hasta que él dijo:

—Está bien, al parecer tuvo una mejoría.

Suspiré aliviada.

—¿De veras? Bueno, debemos regresar.

Él no parecía muy convencido de hacerlo y en verdad, regresar fue encontrar de nuevo a su medio hermano Marco allí apostado con los Castelli del bando enemigo por llamarlo de alguna manera.

Noté cómo Tiziano cambiaba y se ponía tenso. Estar allí cerca de esa gente parecía un tormento para él, además de la espera eterna de saber si su padre estaba fuera de peligro...

Fueron horas difíciles, pero al menos al anochecer de ese día la mejoría se estabilizó y ya no temían lo peor. Evolucionaba favorablemente y pudimos ir a descansar.

Tiziano me llevó a recorrer la Roma nocturna y manejaba a gran velocidad.

—Nada será igual—dijo de pronto.

—¿Qué pasa? ¿Por qué dices eso? —le pregunté sorprendida.

Él me miró y disminuyó la velocidad.

—Mi padre, cielo... Si se salva será un inválido el resto de su vida. ¿Te imaginas eso? Él que siempre vivió como un loco toda su vida, viajando, haciendo esquí en los Alpes suizos y no puedo ni imaginármelo confinado a una silla de ruedas, paralítico, dependiendo de todos. No lo soportará. Lo conozco bien. Y creo que yo tampoco lo soportaría si estuviera en su lugar.

—¿Pero es seguro? Ese diagnóstico... es tan cruel.

—Sí, lo es. Pero el médico nos dijo que tenemos que estar preparados para lo peor. Puede morir o quedar como un inválido el resto de su vida. Deberá aprender a hablar porque sufrió un daño irreversible en el cerebro. Sea lo que sea no será bueno. No habrá un final feliz para él...

—Es tan triste, tan inesperado. No pude ser. ¿Qué le pasó?

—Tenía presión alta y no se controlaba. Bebía y comía lo que se le antojaba. No se cuidaba. Vivía como si tuviera veinte y tenía sesenta y un buen día pasó esto. Tenía veintidós de presión. Pudo morir. En realidad, tampoco saben si vivirá ni cómo vivirá, pero nada será como antes.

—Qué pena... que se vaya así sin... lo siento.

Él detuvo el auto en una plaza y me miró.

—Supongo que vivió siempre como quiso y este es el final que escogió. Alejado de las personas que amaba.

—No creo que él quisiera eso, por favor, deja de juzgarle.

—No le juzgo, sólo digo la verdad. Es así. Nunca estuvo a mi lado y ahora se irá rodeado de la gente extraña que escogió antes que a nosotros que éramos su familia. Y en realidad tío Alberto fue un padre y mis otros tíos que ayudaron a mi madre cuando se hundió en la tristeza luego de que él la abandonó. Es que en realidad no sé qué hago aquí. Fui un tonto. Dijo que quería verme y vine, ni siquiera lo pensé.

—Debías venir y lo hiciste. Es tu padre a pesar de todo y quien sabe, tal vez se recupere.

Tiziano no creía que su padre mejorara, no después de haber hablado ese día con el médico.

Pero pensar que perdería a su padre lo afectó y esa noche nos quedamos hasta tarde mirando una película, porque él sufría insomnio, no podía dormir por más que lo abrazara y se me cerraran los ojos, creo que se quedó hasta tarde mirando televisión.

UNA SEMANA ESTUVO SU padre en ese estado de mejoría y gravedad, hasta que su corazón se detuvo y falleció.

Muchos dijeron que fue lo mejor porque de haber sobrevivido las secuelas nefastas lo habrían sumido en una gran depresión, él no habría querido vivir así, eso dijeron todos.

Nos quedamos hasta el funeral a pesar de que Tiziano todo el tiempo quiso irse antes porque ya no soportaba estar en Roma viviendo en ese hotel, día tras día, encerrados en ese hospital esperando un desenlace tan nefasto.

Marco en cambio no estaba nada afectado, era tan frío. No expresó nada, ni una lágrima derramó. Pero sí estuvo muy ansioso por el testamento cuando los abogados nos llamaron para leernos la última voluntad de Emilio Castelli.

Tiziano no quería ir, pero el abogado insistió y lo llamó varias veces por teléfono. Le dijo que era necesario que fuera.

Pero esa mañana despertamos cansados, demasiado estrés y luego él dijo que quería hacerme un bebé. Que no lo había olvidado y que debíamos aprovechar cada día...

Y lo hicimos varias veces esa noche y al despertar recordé que debíamos estar en la oficina del abogado por el testamento.

Cuando quise despertar a Tiziano él dijo que no quería ir.

—No iremos, preciosa. Luego mis abogados recibirán una copia del testamento. Quiero volver a casa, he dejado muchos asuntos pendientes y además... esta ciudad me tiene harto. Era el escondrijo de la vida secreta de mi padre, por eso la detesto, supongo.

No insistí, también quería irme. El funeral, los días en el hospital... extrañaba nuestro nido de amor, además, Tiziano estaba agotado, triste. Vivía rabiando cada vez que se encontraba con su medio hermano...

Regresamos al medio día a Milán y él tuvo que ir a su empresa y me quedé sola en el departamento. Estaba tan cansada del viaje y la tensión de ese día que me dormí poco después.

Sentí una gran pena por mi suegro. Luego de nuestra boda notaba que él quería acercarse a Tiziano, pero él siempre mantenía distancia. Y ahora se había ido. Me pregunté si se habría arrepentido de todas las locuras, de haber dejado a la madre de Tiziano porque sabía que eso había sido un quiebre en su relación con sus hijos. Sus otros hermanos en cambio, no estaban tan enojados con él y se veían con frecuencia.

Y de nuevo en nuestro hogar me pregunté cómo se sentiría mi esposo ahora al saber que su padre se había ido para siempre. ¿Qué habría querido decirle? ¿Por qué lo llamó ese día?

No volvió a recuperar la conciencia durante la internación y aunque estuvo en sala y pudieron verle, una sola vez despertó y no dijo nada. Miró a su alrededor y no sé si él pudo reconocer a sus hijos. Fue tan triste... además de las peleas con su hermano bastardo Marco. Diablos, parecía obsesionado con molestar a Tiziano, pelear con él, no lo dejaba en paz. ¿Qué pasaría ahora con el testamento? ¿Sería un nuevo motivo de guerra?

Traté de no pensar en ello.

Entonces sonó mi teléfono y salté de la siesta.

Me había quedado dormida sin darme cuenta y de pronto sonó el teléfono.

—Hola Alexia, ¿cómo estás?

Mi madre. Le debía una visita, pero estas últimas semanas había estado muy atareada y se lo dije.

—Supe que murió el padre de Tiziano, te llamé. pero fue imposible comunicarnos. No atendías el celular.

—Es que no... fue muy estresante todo, mamá, luego te contaré.

—Alexia por favor, aguarda, no te llamé sólo para saber cómo estás sino para pedirte un favor. Es sobre tu prima Laura.

Laura era la hija consentida de mi madrina, siempre estaba haciendo algo malo, siempre rompía algo en los cumpleaños, pero la invitábamos porque su madre era mi madrina y además había quedado viuda y entre todos la ayudábamos a sacar a adelante a su insoportable hija. No sé qué tenía esa niña, y ahora al recordar me pregunto si era realmente normal.

—¿Qué tiene Laura ahora? ¿Qué hizo esta vez?

—Es que se fugó a Milán, no dijo a su madre que pensaba quedarse... la engañó, dijo que se iba a pasear y no regresó y ahora la pobre llora de angustia, está yendo al psiquiatra. Esa hija que tiene... bueno, tú ya sabes.

—Mamá me asustas. ¿Dónde está esa niña loca?

—Está en Milán y hace días que nadie sabe nada de ella... temo que. Todavía no queremos dar aviso a la policía, pero le prometí a su madre que la buscarías. Tú tienes un esposo importante, seguro él puede hablar con la policía sin que se sepa... es por los nervios de la pobre Alicia. Es que teme que algún sinvergüenza la tenga raptada. Es tan boba y siempre se mete en líos.

Me sentí tentada a reírme, pero me contuve al comprender que el asunto era serio.

—No te preocupes, mamá, encontraré a Laura y la llevaré de los pelos a su casa. ¿Qué diablos estaba pensando mi madrina? ¿Cómo la dejó venir sola a Milán? No es una ciudad segura. No es para alguien como Laura. ¿Vino sola?

—Es que vino con sus amigas. La pobre Alicia no puede con ella, se ha puesto muy rebelde y al parecer sí vino con un grupo de amigas de Pienza, pero luego las amigas se fueron a otro lugar, perdieron contacto y temo... tenemos miedo de que un sinvergüenza la haya enamorado y la tenga encerrada en algún lugar. Hay tanto enfermo en Milán, es un milagro que tú encontraras un marido tan bueno Alexia. Los hombres de allí nunca han sido de fiar.

Sonreí.

—Hay de todo, mamá, no puedes generalizar. Hablas de los hombres como si fueran especies que crecen buenos o malos depende de la ciudad donde vivan.

—Es que no se trata de eso, son las mafias de Milán lo que me preocupan.

—Mamá, las mafias existen en todas partes, depende de lo que tú busques aquí. Nadie va a raptarte para pertenecer a una mafia. —suspiré–pero entiendo. Mi pobre madrina debe estar como loca a esta altura sin saber de su hija. Necesito más datos. ¿Cuándo vino y cuánto hace que no sabe nada de ella?

—Vino hace un mes con unas amigas de Pienza con la idea de encontrar un trabajo. Dijo que estaba harta del campo y, además, quería encontrar novio aquí. Un novio que no fuera un bruto. Eso le dijo a una amiga llamada Beatrice, pero ella perdió contacto con Laura al poco tiempo porque ella se fue a un departamento con otras chicas que conoció en el trabajo. Sí, al parecer consiguió trabajo y un buen día le dijo a su madre que quería quedarse y no regresaría a Pienza.

—¿Vino a buscar novio? Vaya.

—Tú la conoces, siempre ha sido rebelde, se le puso en la cabeza que quería tener un novio rico de Milán y una nueva vida aquí, pero la madre no estaba de acuerdo, no quería que se fuera. Pero ella se escapó, ya la conoces. Dijo que vendría de paseo y luego que se quedaría y pasaron los días y no atenía el celular. Y ahora nadie sabe dónde está. La policía dijo que seguramente está bien y está molesta con su madre. Que todas las adolescentes son rebeldes. Y no han hecho nada y lleva más de una semana desaparecida.

—¿Adolescente?

—Bueno, tiene diecinueve años, pero con la mente de una niña de quince. Inmadura e imprudente.

—¿Entonces la policía ya sabe?

—Sí, pero no la están buscando, no han hecho nada como si no les importara.

—Tal vez la han buscado, pero no tienen ninguna pista.

—No hacen nada, ya te dije. Alicia está desesperada. Además, Laura se ha puesto muy coqueta. Es demasiado vistosa y se pinta como una puerta. Usa pestañas postizas y sostén con relleno. Como si a ella le faltara algo. Y su madre teme que algún depravado la tenga raptada.

Sonreí, sostén con relleno, pestañas postizas y se teñía de pelirrojo a pesar de ser rubia natural. Y ahora que estaba en Milán usaría vestidos cortos y tacones y toda ella sería como una luz fluorescente para atraer a los hombres. Con lo poco que costaba hacerse notar en una ciudad como Milán...

—Tranquila mamá, descuida, veré qué puedo hacer. Dame el teléfono celular de Laurita.

—Ay gracias tesoro. Sé que la encontrarás, confío en ti. Lamento que... lamento molestarte, pero sabes que quiero a esa niña casi como a una hija, yo la cuidaba cuando era bebé y la he visto crecer y sufrir por no tener un padre. Eso marca mucho a los niños. Y a las niñas más. Luego se sienten inseguras y no se saben valorar.

—Sí, ya sé. Pero creo que la afectó más tener una madre que la sobreprotegía y consentía, ahora que es mayor de edad se volverá imposible de manejar. ¿Pero dices que lleva días sin comunicarse?

—Sí, por desgracia.

—Bueno, tal vez no le pasó nada, pensemos en positivo. Milán tampoco es un infierno de mafias y drogas, hay peligros como en todas las ciudades, pero quizá se escondió para que su madre dejara de molestarla.

—¿Molestarla? Alexia, es su madre y la crio sola, con muchos sacrificios.

—Pero tía Alicia era muy pesada, no la dejaba salir y sabes que las chicas de esa edad quieren otras cosas y Laura siempre tuvo sus ambiciones. Trata de tranquilizarla, dile que hablaré con Tiziano y si tienes una foto actual envíala a mi celular ahora. Porque hace años que no la veo y supongo que habrá cambiado.

Mi madre me envió fotos por WhatsApp con la ayuda de mi hermano poco después.

Era un caso esa Laura.

Allí estaba disfrazada de bruja de Halloween y el disfraz le iba al pelo. Y luego sin disfraz tenía esa pose de niña coqueta rebelde y desafiante. Una niña. Disfrazada de mujer adulta pero más verde que una manzana verde. Inmadura.

No la culpaba por querer volar del nido ni buscar algo mejor, pero si ella esperaba llegar a Milán encontrar un buen trabajo y un novio guapo y millonario, pues se llevaría un desengaño. Lo más seguro era que se pescara un sinvergüenza.

—Lo peor es que su madre teme que se quede sola y embarazada—insistió mi mamá. Todo un drama.

—Ay por Dios, mami, lo mismo pensabas que me pasaría a mí y aquí estoy.

—Sí, pero Laura no es como tú, no es tan sensata.

—Bueno, pero mejor será que tranquilices a mi madrina, dile que buscaré a Laura y que no estará en problemas si ella misma no se los busca.

—Alicia dice que su pobre hija es demasiado buena y confiada.

—Laura no es tan boba, mamá, sí es una malcriada. Pero antes de cortar pásame los teléfonos de sus amigas de mi prima. Hablaré con ellas primero, porque no quiero movilizar a la policía si a lo mejor la niñata está con algún enamorado encerrada en su departamento.

—¿Tú crees que hiciera algo como eso sabiendo la angustia que está pasando su pobre madre?

—Pues conociéndola no me sorprende nada. Tiene casi mi edad, pero parece diez años menor. Siempre ha sido una malcriada y no me olvido todas las muñecas que me rompió y las veces que arruinó mi fiesta de cumpleaños haciendo algún desastre.

—Pero Alexia por favor, no puedes pensar en esas cosas ahora. Era una niña con muchos problemas, su padre la dejó cuando era muy pequeñita y eso la afectó mucho.

—Sí, ya sé, pero por eso su madre siempre la malcrió demasiado. Y le hizo un daño.

—Alexia, no puedes estar enojada todavía con tu prima por haberte roto una muñeca.

—Es que no lo estoy y en realidad... es mayor de edad y quiere hacer su vida. No es un crimen. La madrina exagera.

—Ella es su madre y le dio todo lo que pudo, la crio con tantos sacrificios...

De nuevo un sermón.

Laura siempre fue un demonio, una niña con problemas. Lloraba por todo y siempre rompía algo. Cuando la invitaban a mi cumpleaños yo también temblaba pensando que rompería algo o pasaría alguna desgracia. Tuve que soportarla hasta que cumplí doce años, luego decidí que no haría más festejos, quería ahorrarme los malos ratos que me haría pasar esa primita del infierno. Mi madre se horrorizó de mi decisión, pero la respetó y pensó que lo hacía porque estaba grande y me aburrían los festejos, los globos y juegos en ronda. Nunca supo que lo hacía para no tener que soportar la presencia de Laura a quien todos consentían y soportaban porque su papá se había ido cuando ella cumplió los tres años y nunca más regresó. Pero no era la única niña que era abandonada por su padre, en el pueblo había varios niños, algunos abandonados por su madre y eso sabía que era mucho peor. Yo creo que el problema fue siempre tenerle consideración, soportar sus berrinches, que rompiera cosas, esa niña era como un angelote travieso.

Imaginaba que ahora que era casi adulta los problemas serán más complejos.

—Iré a verte en cuanto pueda o ven tú por favor, mami... porque en unas semanas vamos a mudarnos a una casa más amplia—le dije tratando de cambiar de tema.

—Oh, ¿de veras? Qué buena noticia. No estarás...

Mi madre siempre esperaba que estuviera embarazada cada vez que hablaba conmigo, debía de pensar que no me cuidaba para nada como si viviera en el medio del campo.

—Todavía no, ya vendrá.

—Ay, pero entonces... ¿lo están buscando?

—Bueno sí...

—Oh, felicidades. Entonces...

—Es muy reciente y no me preguntes más.

—Está bien o te pondrás nerviosa y eso es malo para encargar. Trata de no obsesionarte porque si no tardarás mucho en quedar preñada y yo creo que debes tener los hijos jóvenes para que sean saludables.

—Siempre me lo has dicho, pero en realidad no pensaba tener hijos antes de los treinta, pero ahora es distinto.

Lo era porque él me lo había pedido y ahora ya era tarde para arrepentirse, pero la idea me asustaba un poco, tal vez no estuviera madura para tener un hijo. Pero ya estaba hecho, llevaba más de una semana sin darme la inyección y sabía que podía tardar un poco pero pronto pasaría. Sin embargo, cuando estábamos juntos y hacíamos el amor sin parar sentía que deseaba tanto darle un hijo... soñaba con que fuera igual a él, que sacara sus ojos y esas orejas redondas tan perfectas... estaba tan loca por él que si me hubiera pedido cualquier cosa lo habría hecho.

Y ciertamente que buscar a esa joven problemática no era mi prioridad, no era oportuno en esos momentos. Diablos. Qué lastre de chica. Siempre metiéndose en problemas. ¿Por qué diablos no me había buscado? Pude ayudarla a conseguir un buen trabajo y orientarla...

Pero la pequeña revoltosa era orgullosa, prefirió irse con unas amigas seguramente tan pueblerinas como ella misma, o quizá más.

Tomé el teléfono, nerviosa. Primero llamaría a la niña que había arruinado casi todos mis cumpleaños.

No atendió por supuesto, habría sido demasiado bueno que diera señales de vida. ¿Para qué? Mejor enloquecer a su madre y a todos.

A menos que le robaran el celular y alguien hubiera decidido usarlo antes de que le bloquearan el aparato por completo. O simplemente ella no quería ser encontrada, lo que parecía probable.

Miré el reloj, Tiziano llegaría en una hora. Era claro que ese día no podría hacer mucho más que hacer unas llamadas.

Una de las amigas de Laura me atendió.

—Hola, Megan. Soy Alexia. Prima de Laura.

La chica pareció sorprenderse, pero de inmediato noté un cambio en su voz.

—¿Has sabido algo de ella? —quiso saber.

—No... justamente por eso te llamo. Su familia está muy preocupada y les ruego que si saben algo lo digan porque lleva más de una semana desaparecida.

Claro no era algo por hablar por teléfono, tenía que verla cara a cara y saber qué reacción tendría.

—Pero es que no sabemos nada, se lo juro señora...

—Alexia Castelli.

—¿Castelli? ¿Entonces usted es la parienta de Laura casada con un millonario?

—Por favor, no digas eso. Escucha. Estamos muy preocupados por Laura, y si se fugó con algún novio o enamorado, si hace esto para molestar a su madre, debe saber que hablaré con la policía y la encontraré y no será agradable si eso sucede.

Ante la mención de la policía la chica se puso nerviosa.

—Es que no... no es lo que parece. Laura no tenía novio. Bueno había un hombre que la seguía, pero no creo que le hiciera nada. Aquí en la ciudad son todos muy mirones y atrevidos y no por eso... nadie la ha raptado ni ella se escapó, pero la pobre es muy confiada y me pregunto sí...—dijo Megan.

—Si no fue embaucada por algún galán, supongo.

Pensé que todo sería una pesadilla de hacer preguntas y esperar, al mejor estilo incordio de cumpleaños, la niña que llegaba y con sus manitas blancas rompía algo, tiraba algún vaso, refresco y hasta el pastel entero de cumpleaños.

—Por favor, si recuerdas algo, te dejaré mi teléfono para que me llames —le dije— y quisiera verlas y charlas con ustedes.

—Sí, claro... ya le dijimos todo a la policía señora Castelli, se lo aseguro. Pero ellos creen como usted que Laura se fue con un chico. Ella no era así, no se habría atrevido. Es una chica buena y muy seria.

—¿Entonces la policía la está buscando?

—Sí, hace días nos interrogaron, pero no hicieron mucho por encontrarla. Es que en esta ciudad desaparecen muchas chicas.

Eso parecía un teléfono descompuesto de me dijo te dije, no me contaste...

—¿Y no han encontrado ni rastro de Laura?

—Todavía no... pero esperemos que sí. Que no le haya pasado nada.

—También lo espero... pero anota mi número, agéndame. Iré a verlas en unos días. Espero que no haya problema.

Cuando llegó Tiziano, más tarde de lo que esperaba confieso que estaba histérica pensando en la desaparición de Laura. No me gustaba nada ese asunto. Era la única hija de mi madrina y ella sí que era buena y amorosa. Tan cariñosa. Quería encontrar a esa niña y darle una buena paliza, ¿cómo pudo fugarse así con un tipo y dejar a su madre y a toda su familia con los nervios deshechos?

¿Y si no se había fugado y la tenía algún pervertido atada a una cama?

Era tan boba que pudo ser engatusada por el primer seductor de pacotilla que apareciera.

Y no me pidió ayuda porque yo era la parienta casada con un millonario.

Debían creer que ahora ya no quería saber nada de mis parientes del campo. Tonterías. Ellos se habían alejado de mí. O yo lo hice sin querer porque estaba en plena luna de miel con unos pocos meses de casada. ¿Es que no podían entender eso?

Además, yo no era de estar persiguiendo a la familia, nos veíamos en navidad, pascuas y algún cumpleaños. Mi madre era quien siempre me mantenía al tanto.

—¿Qué sucede, preciosa? —me preguntó Tiziano.

—Nada... es que desapareció la hija de mi madrina, mi prima segunda y me quedé preocupada. No fueron capaces de decirme nada, ni sabía que estaba aquí y ahora hace más de una semana que desapareció y nadie ha vuelto a saber nada de ella.

Tiziano me miró sorprendido.

—Pero ¿cómo pasó?

Le conté todo y él me escuchó con atención. Luego sonrió al ver su foto.

—¿Qué edad tiene? Parece de quince años —dijo—Seguramente está escondida de su madre, no creo que le pasara nada.

—Eso espero. Tiene diecinueve años, pero se ve menor y lo que temo es que cayera en malas manos. Es tan boba y siempre se mete en problemas... no sé si no es bipolar. Pero me da pena, una mezcla de pena y rabia.

Laura era como mi hermana menor, en mi barrio no había muchas niñas para jugar así que ella era la opción obligada, más porque cuando venía de visita o mi madre la cuidaba, me obligaba a jugar con ellas. Jugábamos hasta que peleábamos por una muñeca porque ella siempre quería tener mis muñecas nuevas y yo era muy cuidadosa y las tenía a todas guardadas en sus cajas, impecables. A ella le encantaba agarrarlas y no las cuidaba, las dejaba tiradas o comenzaba a cepillar su cabello artificial haciendo que se me crisparan los nervios porque ese cabello cepillado algunas veces terminaba convertido en una esponja dura y ver eso me desesperaba. Me fastidiaba bastante y ante cualquier problema mi madre intervenía y la defendía, todos teníamos que tenerle lastima a la pobrecita porque su padre la había abandonado. Lo cierto que creo que Laura abusaba de eso y a medida que pasaron los años se volvió más obstinada. Y consentida. Le dio un trabajo mayúsculo a su madre en la escuela, en la secundaria... hasta que la niña decidió poner fin a sus estudios ella solita porque quería trabajar y buscarse un novio en Milán, pensando que allí no sería tan pueblerinos y que quien sabe, tal vez apareciera un millonario a la vuelta de la esquina...

Diablos, no la culpaba. También tuve mi etapa de rebeldía y también soñé con encontrar un novio guapo y sofisticado en Milán.

Mi marido pensó que no era grave.

—Deja que haga unas llamadas. Envíame su foto y se la pasaré a mi guardaespaldas. Él se encargará, creo que no será necesario que vayas por ahí de detective. Mis hombres se encargarán y harán preguntas con discreción por si tu prima se ha fugado con algún enamorado.

—Pero hace sólo unas semanas que está aquí, ¿y si le ha pasado algo malo?

—Bueno, confiemos en que está bien. Si estaba con sus amigas, si trabajaba y no tenía enamorados... no hay razón para pensar que le pasó algo. Tranquila ¿sí? Ven aquí.

Sentí tanta paz cuando me tomó entre sus brazos, ciertamente que me había puesto muy nerviosa pensando en Laura, la niña desastre.

—Ven aquí, tenemos algo pendiente tú y yo—me recordó.

Tenía razón.

Un bebé... hacer un bebé. Y era distinto hacer el amor buscando un bebé, comencé a sentirlo. Era diferente. Porque hacer el amor era un momento especial, intimo, de placer intenso y algo más... cada vez que lo hacíamos me preguntaba si ese día pasaría, si ese día tendría ya un bebé en mi vientre o sería al siguiente. A pesar de sentir un poco de miedo deseaba que pasara, deseaba que me hiciera un bebé y sabía cuánto lo deseaba él, que hasta luego de hacer el amor nos quedábamos abrazados, juntos, tan cerca... hacerlo así sin cuidarnos tenía un ingrediente de peligro muy excitante.

Y ese era nuestro primer día de regreso a casa.

Y lo festejamos haciendo el amor hasta tarde.

Pero en un momento lo noté distante, como pensativo y me pregunté si no estaría mal por haber perdido a su padre así. Él no habló de ello, parecía reacio a decir algo al respecto, pero sentí que estaba triste y pensé que debía sentir un vacío en su corazón.

FUE UNA SEMANA MUY difícil, Tiziano llegaba tarde casi todos los días y no pudimos siquiera ir a ver la casa.

Lo extrañaba tanto, me moría por estar con él, el día se hacía tan largo, por más que hiciera cosas que tratara de mantenerme ocupada vivía pendiente de su llamada, de oír su voz.

Y el encierro me hacía mal. El encierro y los nervios por mi prima que no aparecía.

Nadie sabía nada de Laura. Era frustrante.

Sabía que los hombres de confianza de Tiziano habían movido cielo y tierra y nada, no había rastro de ella. Fue a trabajar y a la salida jamás regresó a casa. Dijeron que la vieron subir a un Ferrari, no era un Porche y se decían otras cosas que sólo parecían un invento.

Exasperada fui a hablar con las amigas de mi prima. Ellas tenían que saber algo más.

Los guardaespaldas de Tiziano eran hombres y tal vez se sintieron intimidadas por su presencia. Pensé que si yo iba hablarían conmigo.

Así que llamé al chofer y le pedí que me llevara.

Sabía que a Tiziano no le gustaría que saliera así pero no podía vivir confinada por miedo a su hermano diabólico.

Imaginaba que debía estar en Roma muy atareado con el asunto de la herencia.

Llamé a mi madre durante el viaje.

—¿Cómo está la madrina, mamá?

—Mal... pero tiene fe en que tu marido la encuentre. Siempre son más dedicados cuando interviene la gente importante.

—Ay mamá, no es tan así. La policía ya ha estado buscándola, además.

—Pero ahora la encontrarán.

—Mami, ¿de veras que Laura no estaba peleada con tía Alicia? Tú la conoces. Mi madrina es muy especial, tú sabes. Muy entrometida y no dejaba hacer nada a Laura.

Mi madre tardó en responderme.

—Bueno, mi prima me dijo que no... pero en realidad se fue sin permiso a Milán. Digamos que se escapó porque la madre no quería que fuera y ahora tienes las consecuencias.

—Siempre supe que Laura haría algo como esto, mamá, esto o fugarse con algún vago irresponsable.

—Pobrecilla, no la juzgues así, no ha tenido una infancia feliz, su padre se fue y su madre trabajaba mucho para darle todo lo que podía.

—Sí, y ella le agradecía portándose mal. Esto que ha hecho puede costarle muy caro, ¿sabes?

Mi madre enseguida se alarmó y yo lamenté haber abierto la boca pues la puse nerviosa.

—Escucha, debo dejarte... Te llamaré en cuanto sepa algo ¿sí?

—Bueno, está bien.

Traté de serenarme, no era bueno estar alarmando a todo el mundo, aunque yo estuviera bastante histérica a esa altura con la desaparición de Laura.

Me sentía mal por decir esas cosas. No quería que nada malo le pasara, no lo merecía, era sólo una chiquilla mimada que seguramente confió en algún tipo desalmado que la tendría encerrada en algún lado.

Sólo esperaba que no le hubiera hecho daño.

Fui a hablar con sus amigas, había postergado eso por consejo de Tiziano, pero finalmente decidí ir a interrogarlas.

Entré en el departamento nerviosa, no sabía qué esperaba averiguar porque las chicas habían sido interrogadas varias veces, pero...

Cuando entré noté que todas se miraban consternadas. Era sábado, por eso estaban todas juntas supongo y el departamento era chico y se veía algo atestado porque allí al parecer, ¿vivían cinco o más?

—Hola—me saludaron con timidez y se miraron unas a otras algo asustadas.

—¿Has sabido algo de Laura? —preguntaron.

—Todavía no, pero he venido a charlar con ustedes.

De nuevo se miraron.

—Si saben algo, les pido que me digan. Algo, por más insignificante que sea. Si tenía amigos en ese restaurant o...

Una de ellas, muy alta y de cabello violeta me miró.

—Ya le dijimos todo a la policía.

—Sí, lo sé, pero tal vez olvidaron algo. Estamos realizando con mi esposo una investigación paralela. No queremos asustar a Laura... si ella se escapó con algún joven que su familia no aprobaría...

De nuevo se miraron y la chica de cabello violeta dio un paso enfrente, noté un gesto en sus labios que me hizo temer que supiera algo y no quisiera decir.

—Ella no tenía novio, sabes. Porque su familia le había inculcado que bueno, tú sabes, eso de la virginidad como un valor y... por eso sé que no andaba con nadie porque decía que los chicos de aquí eran muy inquietos de manos y ella no quería hacerlo con un idiota y que luego le quitara su tesoro y no pudiera casarse.

—Sí, ella pensaba así—aseguró otra de sus amigas.

—Entiendo. Yo pensaba igual. Somos chicas de campo, allí hay gente más conservadora.

—Bueno yo soy del campo, pero en la ciudad soy distinta—me confesó la chica de cabello violeta.

Una de cabello corto intervino.

—Lo que queremos decirte es que no tenía novio.

Impaciente al sentir que no llegaba a ningún lado y volvía una y otra vez sobre lo mismo, saqué mi celular y les mostré la foto que me envió mi madre de Laura.

—Sí, eso lo tengo muy claro pero esta foto de Laura que ven me dice que ella se maquillaba y se arreglaba mucho para ir a su trabajo. Y el hecho que desapareciera me hace pensar que alguien más la vio y se la llevó. Temo que por ser tan confiada algún sinvergüenza le hiciera daño...

Las chicas volvieron a mirarse en silencio luego de mirar la foto.

—Bueno, tú sabes, los chicos de aquí son algo atrevidos, pero no te hacen nada si tú no les prestas atención. A menos que tengas la mala suerte de encontrarte con algún desgraciado que te acose, pero Laura sabía defenderse. Ya había tenido una mala experiencia en Pienza, eso dijo.

Más miradas cómplices.

—Escucha, es algo privado. Laura es nuestra amiga. No podemos revelar sus cosas. Si no te dijo es porque le daba vergüenza.

—¿Eso creen? Pues tal vez si alguien le hizo algo en el pueblo pudo seguirla hasta aquí y hacerle algo peor. ¿Cómo diablos están tan confiadas de que regresará sana y salva? No parecen asustadas ni... no hacen más que mirarse unas a otras como un par de conspiradoras, como si supieran un secreto—me quejé molesta.

Porque yo también fui a Milán en busca de una vida mejor, quería estudiar, tener un buen empleo y ropa moderna y bonita, dejar de ser una campesina para empezar y tuve amigas que se tapaban unas a otras y que me avisaban cuando debía llegar más tarde porque una de ellas estaba muy divertida haciendo el amor con el novio que le había robado a otra amiga...

También guardé silencio. Eso fue antes de caer en el departamento de lujo de Betty, así que entendía bien que esas amigas de piso no eran ningunas santitas.

Pelo violeta intervino. Al parecer era la líder del grupo, siempre hablaba y decidía qué debía contar.

—Escuche señora Castelli, Laura peleaba mucho con su madre y quería alejarse un poco. Ella la llamaba todo el tiempo.

—¿Entonces Laura no tenía una buena relación con su madre estos meses? —dije con calma.

Ellas se miraron.

—No—dijeron casi a coro.

—¿Y por qué no me buscó a mí? Yo vivo aquí y podría haberle conseguido un buen trabajo. ¿Mencionó por qué no me buscó?

Más miradas.

Cabello rojo intervino, era una chica bajita regordeta, de cabello rojo muy corto y cierto aire agresivo.

—Dijo que usted no la invitó a su boda y que no quería saber de nada con sus parientes campesinos—dijo.

La miré con fijeza, molesta de que dijera eso.

—Eso no es verdad. Invité a toda mi familia, pero sólo vinieron mis padres y dos tíos. Invité a Laura y a su madre, que es mi madrina, además.

—Pero tú también te largaste de allí y viniste aquí en busca de una nueva vida y te ha ido muy bien. Laura siempre lo decía, que tú habías nacido con estrella y que deseaba ser como tú un día—intervino pelo violeta.

No, no era tan así. En realidad, mi vida estuvo en peligro y casi caigo en manos de un loco. Vaya si sabría lo que era andar en malas compañías. Pero por suerte nadie conocía la historia oscura de la cenicienta o me habrían llamado ramera oportunista. Diablos, ¿es que siempre iba a perseguirme con eso?

—Pues Laura se equivocaba, yo la habría ayudado, además mi vida no siempre fue color de rosa. Llegar aquí también me trajo problemas y malas compañías.

—Oh sí, pero luego te casaste con un Castelli D'Este.

—Sí, pero tuve problemas como todos. ¿Creen que Laura me odia por eso? Sólo porque me casé con un millonario. Pude ayudarla, demonios, quiero ayudarla. Quiero mucho a su madre y a ella también, aunque no seamos cercanas me da rabia y pena todo lo que está pasando. Quiero ayudarla, por eso estoy aquí.

Ellas se miraron y de nuevo tuve la inquietante sensación de que escondían algo.

—Es que Laura no piensa así, ella no confía en su familia. En ninguno. Quiere hacer su vida sola, lograr cosas por ella misma, sin pedir favores a sus parientes ricos.

—Y eso lo puede hacer, pero podría conseguirle un buen trabajo en vez de esa cafetería en la que estaba. Deberá hacer un curso antes, pero al menos podrá progresar y tener un buen empleo.

—Pero ella quiere tenerlo por sí misma. Toda su vida la han sobreprotegido y está enojada con su madre, no la deja hacer su vida de adulta, la llama todo el tiempo... ya no es una niña.

—Ya no es una niña, pero tampoco es adulta, tiene sólo diecinueve años. Y no ha vivido nada. Yo no tuve ayuda de nadie aquí y me habría gustado tenerla, sé que a esta edad las jóvenes quieren hacer su camino y tener las cosas por sí misma, pero las tendría por ella misma y en cuanto a su madre, sé que es algo pesada sí, pero es su única hija y la adora. Está desesperada pensando que le ha pasado algo terrible y si saben algo les pido que piensen en sus madres, porque imagino que tienen madres todas ustedes. No es control, no es ser pesada, pero nuestras madres son madres para siempre, están allí, se preocupan y sólo quieren saber que están bien. ¿O acaso ustedes también olvidaron a sus padres luego de venir a la ciudad?

—No, no los olvidamos, pero no llaman todo el tiempo como lo hacía la mamá de Laura.

—Es necesario despegarse un poco. Para poder ser adulto. Sé que tiene buenas intenciones, señora Castelli, pero no se puede crecer ni progresar en la vida si siempre alguien te saca las castañas del fuego como dice mi tía. Debes salir adelante por tus méritos y hacer tu vida, cometer tus errores.

—Y para eso Laura necesita desaparecer, ¿es lo que quieres decirme? ¿Que ella lo hizo para que dejaran de molestarla?

Asintieron casi todas, menos una joven de cabello rubio muy blanca y regordeta.

—Basta, esto no está bien—dijo y dio un paso adelante—Señora Castelli, escuche.

Todas se revelaron, pero ya era tarde, la joven habló.

—Laura no se fue sólo para que su madre dejara de molestarla. Se fue porque le ofrecieron un buen dinero para vender su virginidad.

Sentí que mi corazón latía acelerado, no podía ser... demonios.

—¿Qué dices? ¿Ella puso su virginidad en venta?

La chica de cabello violeta insultó a la de cabello rojo y hubo un intercambio de palabras hasta que yo intervine.

—Eso es muy serio, por favor. Es una maldita mafia. Si alguien tiene a Laura para que venda su virginidad le aseguro que no es el cuento de hadas que le prometieron. Esas agencias y personas muchas veces engañan.

—No es así, Laura dijo que todo había sido planeado pero que todavía no llegaba al dinero que ella quería y que para hacerlo necesitaba estar tranquila y lejos de su madre. Se puede imaginar que ella no lo habría aprobado.

—¿Entonces ella se fue con el hombre que compraría su virginidad? ¿Está con él ahora?

Se miraron de nuevo y la chica de cabello rojo estalló en llanto.

—No, no está con él. No sabemos dónde está, hace días que no llama siguiera y su teléfono nunca contesta.

Vaya, eso cambiaba todo.

—¿Y cómo demonios supo lo de vender su virginidad? ¿Acaso alguien se le acercó para decirle cómo hacerlo?

—No... Creo que Laura lo vio navegando por internet de una chica rusa que vendía su virginidad por más de un millón y pensó que era buena idea, pero no sabía cómo hacerlo. En realidad, sólo fue una conversación, no pensamos que pudiera hacerlo. Pero soñar en que cobraría un millón la animó bastante porque ya estaba harta del trabajo de la cafetería y de no poder conseguir un empleo mejor.

—¿Y en la cafetería alguien la acosó?

—Sí, muchos clientes iban allí a mirar sus piernas, llamaba mucho la atención. Pero un día no regresó y dijo que quería alejarse de todo eso y que quería vender su virginidad. No dijo a donde iba porque no quería que la encontraran, pero nos ha estado llamando y sabemos que ella está bien. Nadie la raptó. Pero no podemos decirle a la policía, ¿comprende? Y si usted lo hace lo negaremos todo y le diremos que está loca.

—Eh, no necesitas amenazarme. No diré una palabra por supuesto, pero ahora que sé lo que trama... Esto lo cambia todo. Debemos encontrarla porque no me fío de esa gente, pues con frecuencia se aprovechan de las jovencitas inocentes que quieren vender su virginidad y es mentira eso de que pagan tanto, yo no lo creo. ¿Realmente creen que un hombre pague un millón por acostarse con una virgen sin experiencia?

Sabía que lo pagaban, pero debía hacer que confiaran en mí y vieran el peligro y comprendieran que Laura podía ser lastimada o vendida como esclava sexual.

—Lo que quieren es una joven hermosa para hacerle lo que ellos quieran, para someterla como una esclava sexual. ¿Y ustedes creen que Laura podría soportar eso? Ella será muy decidida y rebelde, ambiciosa, pero es una adolescente que acaba de romper el cascarón. Puede estar en peligro, ¿comprenden?

Todas me miraron indecisas.

—Es que no sabemos dónde está, no quiso decirnos—dijo cabello violeta.

Cabello rojo apretó los labios en un gesto obstinado.

—Es verdad—confesó—no nos quiso decir, pero aseguró que está bien. Que pronto regresará y podrá comprarse un departamento.

—Pero si llama, deben avisarme, deben decirle que yo quiero ayudarla. Por favor.

—Si lo hacemos sabrá que la hemos delatado, no podemos decirle nada.

—¿Y si no está bien como dice? ¿Si se ha metido en problemas y necesita ayuda?

—Bueno, en ese caso sí le diremos. Pero le hemos contado señora Castelli para que se quede tranquila.

—¿Tranquila? No me quedo tranquila. En esta ciudad hay mucha gente mala sin escrúpulos ansiosa de usar a jóvenes bonitas como ustedes para sus perversos fines. No sean tan confiadas. Tal vez Laura comprenda que se ha metido en una trampa y quiera escapar y no pueda. Eso es lo que quiero decirles. No se crean esas historias de la cenicienta que le pagan un millón por su virginidad y luego hace una nueva vida, eso no es así.

—Pero Laura dijo que una chica que era modelo lo había hecho y...

—¿Qué? ¿Entonces ella tenía una amiga modelo?

Sentí que mis manos sudaban. Qué bobas eran. Se habían confiado que su amiga estaría bien y yo deseaba decirles con propiedad la otra cara de la historia, pero no podía hacerlo. Estaba casada con un hombre que además de millonario era la realeza piamontesa, nunca podían saber que había formado parte de esa agencia de tratas de blancas comandaba por Ravena.

—Bueno, tal vez tuvo suerte. ¿Por qué siempre los adultos piensan lo peor?

Era gracioso que esa chica lo dijera, no tenía más de veinte, así que era muy cercana a mi edad y me veía como una adulta seria que siempre pensaba lo peor sólo porque estaba casada.

—Porque lo peor pasa todo el tiempo. ¿Es que no leen las noticias, no se informan de las cosas que pasan en el Milán nocturno? Y Laura es una campesina, bonita y joven, eso vale oro para esos depredadores que venden mujeres como mercancías. Y no crean que les pasa a las extranjeras que llegan aquí sin familia, solas, buscando trabajo, también a las niñas soñadoras que abandonan su casa y piensan que sus padres son un plomo de pesados. Quieren ser adultas y tener su propio dinero, les ofrecen un atajo y creen que sí, que lo conseguirán.

—Bueno, no podíamos hacer nada, Laura quiso hacerlo y ya es mayor de edad.

—Pero pudieron avisar a la policía, tal vez sí esté en problemas.

—¿La policía? Como si ellos fueran tan honestos. Algunos hasta tienen parte en esas cosas.

—No puedes generalizar. Piensa en el peligro y pídele a Laura la próxima vez que las llame una prueba de que es ella, y de que está bien. Si ella está bien, si quiere dedicarse a ser una ramera fina que lo haga, pero no creo que no tenga una opción mejor que esa, por Dios.

De nuevo el silencio y las miradas.

—Es que hace días que no llama—confesó pelo rojo.

Era tan frustrante.

—¿Quién era esa amiga modelo que mencionaron? ¿Acaso se acuerdan del nombre o algo?

—Mariela creo. Trabajaba en la cafetería medio tiempo porque como modelo no le iba muy bien. Dijo que ya no era modelo en realidad.

Cada cosa que decía resultaba más inquietante.

—Y la chica ya no trabaja allí pero tal vez puedan decirme dónde está.

—Pero Laura no está desaparecida, es lo que tratamos de decirte. Ella se escondió para que la dejen tranquila.

—Pues que llame a su madre o tendré que decirle todo esto a la policía.

Pelo violeta estalló.

—¿Lo ven? Dije que era mala idea contarle esto a la señora.

—Oh por favor, dejen de actuar como colegiales rebeldes. Esto no es un colegio, es la vida misma. ¿Y si algo le pasó a mi prima? No me gusta nada, me huele a trata de personas. Venden mujeres como si fueran cosas y no es sólo su virginidad. ¿Cuántos hombres pagarían tanto dinero por una sola noche? Lo harían por acostarse con alguna famosa, no por una chica que no es modelo siquiera. Esto me suena mucho al cuento del tío, y tienen que hacer algo. Agradezco que confiaran en mí, pero es hora de actuar como adultas y convencer a Laura de que regrese. De que se haga visible otra vez.

—Es que no puede, porque va a vender su virginidad. Por eso. No renunciará a todo ese dinero.

—Es que no le pagarán eso. Tienen que convencerla. Quiero ayudarla, es mi prima, no quiero que sufra ni la vendan como una esclava. Están engañándola, estoy segura de eso.

Traté de convencerlas y creo que algo me escucharon, pero cuando me fui del departamento me sentí enferma. No podía creer que mi prima cayera en esa historia del príncipe azul comprando tu virginidad por un millón. El guapo millonario con el dormirías a cambio de un montón de dinero, una sola noche...

La historia se repetía, pero intuía que esta vez no habría un Tiziano para salvar a mi prima, porque Tiziano había uno solo. Uno en millón. Un hombre que se enamoró de mí y me salvó de lo que planeaba Ravena. Porque desde el principio estuve reservada para él.

Luego pensé en Laura. No hubo peleas, nos dejamos de ver y sí la invité a mi boda, los invité a todos, pero fueron muy pocos. Laura no fue ni su madre ni mis otras primas.

No sé por qué muchos tenían esa actitud, estar casada con un hombre rico no me hacía una mala persona ni tampoco una persona distinta. Yo seguía siendo la misma y lo sería siempre. Pero había notado que mis familiares se habían alejado y algunas de mis antiguas amigas de la ciudad, nos veíamos a veces, pero sentía cierta distancia, cierto cambio en ellas. Apenas imperceptible, pero estaba allí. Como si ellos pensaran que yo había cambiado, pero en realidad pasaba mucho tiempo en casa pendiente de Tiziano, en plena luna de miel y muchas veces el tiempo que tenía libre lo pasaba con él. Mis amigas trabajaban durante el día y... siempre había excusas. Pero al menos nos veíamos.

Ahora entendía que no había hecho nada por Laura ni por mis parientes pobres, porque vivía para Tiziano y nada me importaba tanto. Por más que luchara para conservar amistades y todas las cosas que me hicieron feliz un día, mi vida había cambiado. Tenía un esposo ahora y lo adoraba, además no tenía la libertad de antes por todo ese asunto del secreto.

Pero ahora tenía muchas razones para creer que Laura fue captada como fui captada yo hace meses. Con una amiga del trabajo que decía ser modelo...

Y todas guardaron silencio. Pero ciertamente que no sabían si ella estaba a salvo.

De pronto pensé en Betty. Ella me había asegurado que Ravena estaba en ese negocio, pero en otro país, había dejado Milán hacía tiempo.

Lo extraño fue que los hombres que trabajaban para Tiziano habían buscado a Laura esos días entre los centros de captación de jóvenes. Tenían contactos, conocidos que eran clientes de esos lugares y ninguno la había visto.

Si la tenía una mafia...

Mientras regresaba me llamó Tiziano al celular.

Me sorprendió la hora.

—¿Dónde estás, ángel? Llego antes para verte y me entero que saliste con el chofer.

Tiziano odiaba llegar a casa y no encontrarme, por lo general siempre estaba excepto alguna vez que me reunía con mis amigas. Pero era más fuerte que él, no podía entrar y no verme.

—Es que vine a hablar con las chicas, las amigas de Laura. Pero estoy yendo para el departamento.

—¿Y por qué fuiste a ese lugar?

—Hice bien en hacerlo, al parecer sí escondían algo, algo que no les contaron a tus hombres.

Le conté parte de la conversación.

—Entonces no fue captada por ninguna mafia, esa chica está con un hombre y supongo que no dirán quién es.

—Es que no lo saben.

Cuando llegué al departamento, apenas abrí la puerta Tiziano me abrazó y me dio un beso apasionado.

—¿Dónde estabas chiquita? Te extrañé tanto. Sabes que sufro si llego y no estás—me dijo y volvió a besarme.

—Es que no sabía que estarías aquí tan temprano.

—Vine antes porque me moría por estar aquí contigo. Estoy a punto de explotar.

—¿Qué pasó?

Entonces noté que estaba nervioso y no era sólo por no encontrarme en casa.

—Nada... es que mi padre le dejó una parte de la empresa a Marco y ahora se ha metido en una de las empresas sólo para joderme la vida por supuesto. Tratará de trancarme todo para que le venda mis acciones o me vaya. Y recién ha comenzado.

—Deja esa empresa, quiero que salgamos de aquí. Tú tienes otros negocios, amor, no tienes por qué soportar todo ese odio. Esto debe parar o nunca estaremos en paz.

—¿Y rendirme ahora? Ni loco. Pero no hablemos de ese gusano por favor. Me moría por estar contigo. No hemos podido ni ir a ver la casa. Creo que debemos tomarnos unos días para estar solos. No he parado luego de la muerte de mi padre y necesito alejarme un poco. Los dos solos.

—Pero ¿y Laura? ¿Qué pasará con ella? Debo encontrarla, saber que está bien.

—Sólo unos días, ángel. Unos días para nosotros.

La propuesta era tentadora, claro que quería, pero me angustiaba hacerlo sin saber que Laura estaba a salvo.

—Está bien, esperaremos unos días... ven aquí. Me muero por hacerte mía—dijo y me llevó a la cama. Estaba tan desesperado que no esperó ni a desnudarme por completo, sino que levantó mi falda y gemí de placer al sentirle muy dentro de mí.

—Preciosa... me abrazas a ti—me dijo al oído.

Me sonrojé porque sabía por qué lo decía, su miembro ancho quedaba apretado en mi interior y era como si quisiera atraparlo para siempre en mi interior, me encantaba sentirle allí, de todos los juegos, de todo lo que hacíamos copular era especial y no sólo porque buscáramos un bebé. Creo que desde la primera vez que lo hicimos lo sentí, sabía que nunca olvidaría lo maravilloso que había sido convertirme en mujer en sus brazos.

Y necesitábamos ese tiempo, lo sabía. Alejarnos de todo y descansar. Buscar a nuestro bebé...

Y mientras rodábamos por la cama y nos besábamos se lo dije.

—Quiero irme contigo, me encantaría, pero antes, debo encontrar a Laura. Lo prometo. Si en unos días no aparece ni da señales, nos iremos y al diablo con esa niña ingrata.

Él me miró con tanto amor y luego acarició mi cabello y mis labios.

—Preciosa, si esa chica no quiere ser encontrada... ya es adulta. Déjala que aprenda la lección.

—¿Tú crees que no le pasó nada?

—Bueno, sí quiso vender su virginidad y se metió en ese lío... tal vez sea tarde para sacarla de eso. Si es que lo hizo. Pero ven aquí, no hablemos de esa fastidiosa prima tuya, te aseguro que la meteré en una jaula cuando la encuentre y no volverá a causar problemas.

Sonreí.

—Tienes razón, es una latosa insoportable. Pero no dejaré que arruine su vida.

—No veo cómo puedas impedirlo, al parecer escogió el camino equivocado.

—No digas eso, yo también lo hice hace tiempo. Me dejé llevar por esas historias, también fui una tonta que confió en las personas equivocadas.

Él se puso serio.

—Pero yo cuidé de ti, y siempre lo haré. Tú eres mi esposa, mi familia ahora, mi vida, lo más importante para mí.

Sus palabras me emocionaron tanto, porque sabía que eran más que palabras, era la verdad.

—Te amo tanto Tiziano que no podría nunca vivir sin ti, no podría...

—No digas eso, nunca vivirás sin mí. Aquí estaré siempre.

—¿Y no te irás con otra como hacen todos los hombres de este país?

Él sonrió.

—Claro que no. Ya tuve muchas mujeres, pero con ninguna quise quedarme mucho tiempo, sólo contigo. Tú eres única para mí. Y si esa chica no aparece en unos días promete que vendrás conmigo, que nos tomaremos un descanso.

Prometí que lo haría, deseaba tanto hacerlo. Estaba loca por él y fugarnos era una idea irresistible.

LA SEMANA PASÓ SIN novedades hasta que cuando se terminaba el plazo puesto por Tiziano recibí una llamada extraña.

—Alexia, ¿eres tú?

La voz femenina se oía lejana o tal vez apagada.

—Sí, soy yo. ¿Quién habla?

—Soy Marcia, la amiga de Laura.

Pelo violeta. Claro.

—Hola. ¿Cómo estás?

—Laura regresó anoche y no está muy bien. Me parece que la han drogado y no quiso ir al médico, pero dijo que la tenían retenida bajo su voluntad y está muy asustada, muy mal.

—Demonios. ¿Acaso la lastimaron?

—Dijo que no, pero la mantuvieron encerrada en una habitación porque planeaban venderla a un millonario, pero no por una noche como ella creía. Iban a venderla como su esclava, lo mismo que dijiste. Por suerte escapó. Al parecer tenía embobado a uno de los chicos que la cuidaba y lo engatusó un poco y él aceptó ayudarla a escapar.

—Niña astuta, esa es Laura. demonios... pero no puede quedarse en el departamento, necesita cuidados y tendrían que llevarla al hospital.

—Sí, eso pensamos con las chicas por eso le avisé, señora Castelli. Laura no puede quedarse aquí, la buscarán. Son una maldita mafia y han de saber que vive con nosotras. Creo que pasamos la peor noche de nuestras vidas, todas montando guardia, hasta le pedimos a nuestros chicos que vinieran por si venían esos tipos. Estoy histérica y no pegué un ojo en toda la noche. Laura dijo que nunca habló nada de nosotras, pero esa gentuza puede averiguar donde vivimos.

—Tranquila. Iré enseguida. Llamaré a mi esposo. Pero si quieren puedo buscarles un lugar para que se muden, eso no será problema. O al menos para que se queden unos días.

—Es lo que yo dije a todas, no es bueno quedarnos en ese departamento.

—Bueno, ten calma ¿sí? Lo bueno es que Laura apareció y está viva, logró escapar.

—Sí, pero no sé qué le pasó. Todavía no despierta y...

—Tranquila, iré en seguida. Pediré ayuda.

Cuando corté la llamada estaba muy nerviosa, no quería ir sola a buscarla, Tiziano no lo habría aprobado. Temía que lago me pasara, vivía pendiente de mí y era un asunto grave. Laura había sido secuestrada y no sabía qué más.

Así que lo llamé, no solía hacerlo porque sabía que estaba en el trabajo metido en alguna reunión de inversores o algo así.

Pero me atendió enseguida.

—Laura apareció, está en el departamento.

Lanzó una exclamación de alivio.

—No, tú no vayas sola. Podría ser peligroso. Quédate en casa. Enviaré a mis hombres ahora. Y no te preocupes por nada. Llevaré a Laura hasta el departamento para que se quede con nosotros hasta que logre ubicar a su familia.

La idea me pareció buena, pero estaba muy nerviosa por todo y hasta que no viera a entrar a esa niña por la puerta no estaría tranquila.

—Aunque tal vez primero debería ir al hospital para que la revisen. Debieron hacerlo sus amigas. Bueno, supongo que tuvieron miedo, deben estar muy asustadas.

—Sí, creo que es lo mejor.

Fue un día muy estresante. Todo lo fue.

Laura no quiso ir a un hospital ni tampoco que los hombres de Tiziano la trajeran al departamento. No sé ni cómo lograron convencerla.

Pero cuando la vi aparecer me sentí tan feliz. La pobre no se veía bien, había adelgazado y se veía mal, nerviosa. Demacrada.

Sus ojos me miraron con expresión culpable pero no dijo nada. No habló una palabra.

Tiziano, que la había escoltado hasta nuestro departamento le dijo que fuera a descansar. Ella lo miró aturdida.

Así estuvo todo ese día. Como un fantasma. Fue a su cuarto y se durmió mirando una película, comió algo, muy poco y se mantuvo encerrada, como aturdida.

Miré a mi marido y él puso cara de alivio.

—Bueno, ya apareció y está viva. En shock.

Tenía un montón de preguntas que hacerle, pero lo primero que me vino a la mente fue preguntarle si la habían llevado al hospital.

—No, no pude. Es que tiene miedo de que den cuenta a la policía. Está aterrada, amor. Dijo que la engañaron, le hicieron creer que le conseguirían un millonario que le pagaría un millón por su virginidad, pero lo que querían era venderla como esclava sexual. Se asustó y decidió escapar. Está muy asustada y teme que la encuentren y por supuesto que no desea hacer la denuncia.

—Pero debe hacerla o vivirá con miedo.

—Luego tú habla con ella, cuando esté más tranquila. Bueno, apareció... pero no podemos irnos todavía. No hasta que esa niña regrese a casa en el próximo tren.

—¿Y si no quiere regresar?

—Lo hará, no podemos adoptarla. Ya está grandecita.

Sonreí cuando dijo eso.

—Ahora tenemos algo pendiente tú y yo. Nuestro nuevo nido, ¿lo recuerdas?

—Pero Laura...

—Laura estará bien. Ven aquí.

Tenía razón no podía seguir postergándolo.

Fuimos a ver la casa y quedé enamorada al instante. En un barrio privado de Milán, cerca del lago, era hermosa. Un refugio de fin de semana pero que ahora sería posible.

Me detuve en los jardines y me emocioné al imaginar a nuestros hijos corriendo allí.

—Es preciosa, me encanta Tiziano... ¿Es nuestra?

Él me abrazó y me besó.

—Sí, es nuestra preciosa. Me alegra que te guste. Ven, quiero mostrarte las demás habitaciones.

Entramos y me quedé deslumbrada con cada detalle. Quería mudarme ya y sentí tanta pena cuando tuvimos que regresar al anochecer porque teníamos una huésped... pero era inevitable y lo sabía.

—Nos mudaremos la semana próxima si quieres.

Lo miré sorprendida.

—Pero ¿qué pasará con Laura?

—Bueno, no podemos cuidar a esa jovencita para siempre. Es mejor que vuelva a su casa y se aleje de todo esto.

—¿Y crees que querrá hacerlo? Ella quería mudarse aquí, puedes conseguirle un buen trabajo. Era lo que quería ofrecerle.

—Laura se fugará en cuanto pueda. Como una oveja descarriada. Es una joven rebelde, obcecada. Ya se metió en problemas serios y llegó hace unas semanas. ¿Crees que podrá permanecer en un trabajo y tener una vida normal? Me gustaría pensar que lo hará, pero tengo mis dudas. La historia que contó tampoco tiene mucho sentido. Creo que mintió.

—¿Piensas que mintió? ¿Por qué lo haría?

—No sé, tiene cara de mentirosa. Y yo no la vi ni lastimada ni nada para haber pasado más de una semana prisionera de una mafia. ¿Realmente estuvo allí o se lo inventó todo para llamar la atención y enloquecernos a todos? Lamento tener que decirte esto, Alexia, sé que es tu prima, pero... no me fío de ella y creo que lo mejor es que se vaya lejos, que regrese a casa antes de que cause más problemas.

Y no me agrada que esté en nuestro departamento, no se quedará más de unos días. Nosotros tenemos nuestros planes, nuestra vida y no pienso detenerme por una chiquilla fugada de su casa.

Sus palabras me parecieron algo duras y entonces la defendí, le dije que mi prima había sufrido mucho y necesitaba ayuda pues era la verdad.

—Y la ayudaremos claro, la ayudaré a que regrese a su casa.

—Por favor, no tiene a nadie aquí, déjame intentarlo.

—Sí, pero si causa problemas se irá. En realidad, soporto que se quede por ti, pero no me hace ninguna gracia saber que tenemos visitas de forma permanente. Quiero estar solo contigo. Pero sé que necesitará unos días para recuperarse del susto, o de las mentiras que dijo.

—¿Realmente crees que mintió?

—Preciosa, tengo contactos, y te aseguro que de haber caído en una mafia… no habría escapado ilesa ni en una pieza como lo hizo. Hice averiguaciones y ninguno la tenía. Aquí las mafias captan extranjeras, no italianas.

—Y Ravena.

—Ravena tenía otro negocio y no forzaba a ninguna a ser parte de su club. Se fue, además, hace tiempo. Lo hizo antes de que ajustará cuentas con ella y no regresará te lo aseguro.

—¿Y tú crees que Laura mintió?

Tiziano asintió despacio.

—Sospecho que miente, que finge. Que hizo todo esto para que no la encontráramos, pero al final debió aburrirse de estar escondida. Esa chica no tenía ni una marca, ni un rasguño y parecía recién salida de una fiesta. Para alguien que ha estado prisionera de una red de tratas se veía demasiado bien, además la historia que contó no tenía sentido. Ni pies ni cabeza. Y por supuesto que no quería hablar con la policía…

—¿Y si es verdad? ¿Si todo es verdad?

—Tengo mis dudas. La policía la había buscado antes y sabían que se escondía, pero estaba en algún lugar, me lo dijeron de forma confidencial. Que tenía un amigo que la ocultaba y que sólo quería romper lazos con su familia, alejarse porque su madre era muy pesada, la llamaba todo el tiempo y vivía diciéndole que regresara.

—Es muy raro todo, cuando sus amigas dijeron que le habían ofrecido un millón por su virginidad fue como revivir el pasado… no podía creer que le pasara lo mismo que a mí, casi. ¿Crees que alguien le contó?

—No lo creo. Tú no se lo contaste a nadie y supongo que tus amigas no habrían contado a otras personas.

—¿Y si realmente le pasó? ¿Si alguien quiso captarla porque es joven y bonita?

—Tengo mis dudas. Una joven que trabajaba en una cafetería conocida… las mafias no actúan así. Y de haberla querido vender como asegura habría desaparecido hace rato. Y no habría regresado sonriente y sin una marca.

Cuando regresamos Laura permanecía encerrada en su habitación, pero no dormía, estaba hablando por teléfono.

Al menos estaba a salvo. No creía que hubiera mentido. Algo le había pasado, la noté distinta cuando la vi.

Pero ese día no salió de su habitación y yo me olvidé de todo luego de la cena, cuando nos encerramos con Tiziano para hacer el amor. El apartamento era espacioso y olvidé por completo que teníamos visitas, estar juntos me aislaba de todo.

AL DÍA SIGUIENTE TRATÉ de acercarme a Laura.

La noté más tranquila y conversamos durante el almuerzo. La señora Bell había preparado una torta campesina de carne y Laura comió doble porción muy contenta.

Pero aguardó a que la señora Bell se fuera para hablar.

—Qué bonito departamento tienes y tu esposo millonario te adora. Tienes mucha suerte, Alexia—dijo.

Sonreí y la observé. Se veía triste, alicaída. Hacía años que no la veía y la noté tan cambiada. De niña tenía el cabello rubio enrulado, pero ahora, a fuerza de algún laceado y tinta llevaba el cabello con la raya al medio, de un tono rubio dorado, casi pelirrojo. Eso y sus ojos verdes de pestañas postizas y maquillaje... llevaba un vestido largo estampado muy bonito y noté que miraba todo con interés.

—Es verdad, pero no siempre fue así. También estuve sola aquí en la ciudad y no ganaba mucho dinero ni me iba bien en los estudios—le confesé.

Ella me miró incrédula.

—Pero tu suerte cambió, como la de Cenicienta y ahora eres una reina, Alexia. Siempre fuiste la más bonita de todas. Supongo que es por eso que has tenido tanta suerte. Los hombres siempre escogen a la más linda.

Sus palabras me tomaron por sorpresa.

—No digas eso, Laura. ¿Crees que he tenido suerte por ser linda?

—En parte sí. No finjas. En Pienza todos te miraban y tenías a Milton Gandini detrás de ti. Era un niño rico.

—Nunca me gustó Milton. Era un idiota, por Dios. ¿Crees que sólo importa que un hombre adinerado se fije en ti? Despierta Laura. Aquí las personas se enamoran sin pensar en eso. Ocurre todo el tiempo.

—Yo no me enamoro de cualquiera y tú tampoco en realidad.

—Laura, deja de decir esas cosas. Me enamoré de Tiziano sin saber quién era, te lo aseguro y lo querría igual, aunque fuera pobre.

—Supongo que estás muy enamorada para decir eso. Pero no es agradable tener un marido pobre.

—¿Cómo lo sabes si nunca te has casado?

Ella frunció el ceño.

—Es la historia de siempre. Ciertamente que yo tengo otras aspiraciones.

De pronto la miré y comprendí que seguía siendo la cabeza dura de siempre, terca y siempre deseosa de salirse con la suya.

—Laura, quisiera que aceptaras mi ayuda. Viniste a la ciudad y no me avisaste y yo podría conseguirte un buen trabajo, un departamento para ti sola.

—¿Vivir sola? No... no me gusta. Prefiero vivir con las chicas, me divierto mucho ¿sabes? Pero yo no quiero ser una empleada el resto de mi vida, quiero algo más. Quiero un esposo rico como tienes tú.

—¿Y crees que puedes ir a la feria y comprarte uno? —le dije.

—Bueno, tú conoces a muchos ricos solteros amigos de tu esposo imagino. Podrías presentarme a alguno—sugirió sonriendo con picardía.

—Los amigos de Tiziano son casi todos casados, Laura.

—¿Y eso qué? Ha de tener primos, hermanos varios. Y si son casados, ¿qué importa? Puede dejar a la esposa por mí.

—No creo que sea buena idea.

Laura se quedó pensativa.

—¿Y quieres que trabaje en la empresa de tu marido?

—Tiziano tiene varias empresas.

—¿Y tú te quedas siempre en casa, esperándolo?

Asentí y ella me miró como si estuviera loca.

—Deberías trabajar con él, así lo vigilarías más de cerca. Nunca falta una coqueta secretaria bonita de falda corta atrás del jefe, insinuándosele—dijo.

—Laura no digas esas cosas.

Ella emitió una risita malvada.

—¿Te has puesto celosa? Pensé que lo tenías muy amarrado.

—Y lo tengo amarrado porque me ama y está loco por mí.

—Vaya, qué afortunada eres.

—Cuando tengas un marido no te va a gustar que venga una y te lo quite.

Ella sonrió de oreja a oreja.

—Por supuesto que cuando tenga un esposo él vivirá para mí y sólo tendrá ojos para mí. Disculpa, no quise ponerte celosa. Sólo te digo que me parece que ese marido tuyo te tiene encerrada en casa. Hoy día todas las mujeres trabajan, hasta las esposas de los millonarios. Y él en cambio parece muy contento de tenerte aquí.

—Le gusta que esté en casa.

—Es un machista.

—No digas eso, ¿tú qué sabes de mi marido? Además, somos muy felices así. Tú eres quien me preocupa. Tú madre estaba destrozada y...

—Para ya, no me vengas con sermones o me iré.

—Laura, despierta. Quiero ayudarte a que te hagas un lugar. Si trabajas en la empresa de Tiziano podrás rodearte de jefes adinerados. Tal vez encuentres uno soltero.

La idea le pareció atractiva.

—Tienes razón, no es tan mala idea. En esa cafetería jamás encontré ninguno siquiera para salir. Bueno, sí había uno, pero... no sé en realidad.

—Acepta un puesto y trata de ser paciente. No puedes esperar tener todo en poco tiempo. Quiero ayudarte. Eres mi prima.

Ella se puso muy seria y se mordió el labio.

—Pensé que no querías saber nada de mí.

—No digas eso por favor. Laura. siempre fuimos amigas de niña, cercanas, a pesar de nuestras peleas. Nos divertíamos.

—Sí, es verdad. Quisiera tener algo de tu suerte, estaba a punto de lograrlo, de tener ese millón, pero me engañaron. Sabía que no habría un millón ni tampoco un millonario. Rayos, querían entregarme a un mafioso. ¿Te imaginas? Perder mi virginidad con un horrible hombre de la mafia.

—Pero no te hicieron daño?

—No... pero me asusté mucho. Todo fue un horrible engaño, la agencia que me contrató no era una agencia. Era una oficina chiquitita y apestosa, todo un maldito montaje. Me habían prometido un millón, pero no sería un millón tampoco. Todo fue falso.

—Laura, ningún hombre paga tanto dinero y si lo hace, te hará sufrir y tú eres virgen todavía, imagino. No tienes idea de lo que es el sexo. Pero cuando te metas en la cama con un hombre trata de sentir algo por él, no lo hagas con cualquiera ni por dinero. Luego te sentirás pésimo. A nosotras nos educaron de otra forma, tú lo sabes y esas cosas te quedan...

—Sí, supongo que tienes razón.

—Ten calma y acepta el trabajo. Ve despacio. Y trata de estudiar o hacer algún curso también, para que te puedan ascender.

—Yo no quiero ascender por méritos. Sólo quiero tener un esposo millonario o rico. Un hombre importante. No uno de esos tontos que siempre me persiguen.

—Como si fuera tan fácil.

—Pues para mí lo sería si tuviera la oportunidad, si conociera a un hombre así.

Pensé que no era buena idea y que se llevaría un desengaño, pero no se lo dije entonces.

Laura buscaba un atajo como yo lo busqué un día. Porque te convences de que existen los atajos, una forma más rápida de conseguir todo sin esforzarse toda una vida como la mayoría de las personas. Tonterías. Eso no existe y sin embargo por buscar ese atajo conocí a Tiziano, el amor de mi vida y ahora estábamos casados.

—Y tú cuida mucho a tu marido. vigila su celular, llamadas misteriosas... porque así empiezan—dijo de pronto mi primita.

Cuando dijo eso tuve ganas de matarla lo confieso, pero me aguanté.

—No necesito vigilar a mi esposo, él es grande y sabe lo que hace. Además, confío en él.

Laura sonrió de oreja a oreja.

—Tú confías en él, claro, pero no te fíes de las zorras de oficina. Son profesionales. O eso he escuchado. Si te descuidas un poco alguna podría robártelo.

—Ninguna me robará a mi marido, ¿qué dices? Como si eso fuera tan fácil, además.

EN LOS DÍAS SIGUIENTES tuve que soportar otras cosas de mi convivencia con Laura, la falta de privacidad para empezar, dejamos de tener sexo en el departamento y tuvimos que escaparnos a un hotel, luego que dejara todo tirado en todas partes y tuviera a la señora Oriana encargada de la limpieza en jaque. Sólo tenía tres años menos que yo, pero parecía una adolescente rebelde que dejaba ropa y comida tirada por todos lados dejando todo como un verdadero chiquero. No era que fuera una histérica de la casa, pero con mi marido teníamos educación y cierto sentido común y manteníamos el orden.

A la semana de vivir con Laura me sentí deprimida.

Ella estaba feliz, claro, charlábamos y mirábamos películas durante el día o nos íbamos de compras al centro comercial. Eso la animaba bastante.

Un día fuimos a comprar ropa más formal. No tanta falda corta, blusas y vestidos de verano que le encantaban.

Nada más probarle esa ropa ella se pavoneó frente al espejo.

—¿Cómo me veo?

El traje de falda corta y chaqueta de casimir con una camisa blanca le quedaba que ni pintado, pero en vez de verse como una ejecutiva parecía una chica de colegio grandulona y peleona. Sonreí para mí, pero no dije nada de eso.

—Te queda estupendo, Laura.

Ella sonrió de oreja a oreja.

—Pues veremos que puedo pescar con este uniforme de zorra de oficina—dijo.

Esas palabras me crisparon pues recordé que ella me había dicho que me cuidara de las zorras de oficinas que tratarían de robarme a mi marido en un descuido.

Pagué la cuenta y nos fuimos, lo había comprado todo con mi mensualidad pues no quería pedirle dinero a mi marido para ello.

—Oh, vaya, tienes una tarjeta a prueba de balas como digo yo. Una todo terreno. Ni te fijas en el precio—comentó mi prima con cierta envidia.

Imaginé que a ella le gustaría tener una tarjeta como la mía para gastar sin parar. Pero yo no era así, me compraba ropa a veces, pero no gastaba a manos llenas. Tenía suficiente ropa para pasar el resto del verano, así que ¿para qué comprarme más?

—Ven, vamos a almorzar algo fresco y luego me muero por comer un helado qué calor hace afuera—dije.

Llegamos a un pequeño restaurant y pedí una ensalada y bistec y Laura optó por pollo en salsa escabeche y hongos.

De pronto, mientras almorzábamos tuve de nuevo la sensación de ser observada y me puse tensa. Rayos, se me había ido. No sé por qué ahora me perseguía con eso.

Miré a mi alrededor sin poder contenerme y entonces vi a un hombre muy alto vestido de traje de etiqueta almorzando con tres amigos más y temblé por la forma en que me miraba. Tal vez sólo me miraba porque yo le gustaba, seguramente fuera eso, los hombres de la ciudad no disimulaban cuando una mujer les gustaba, lo demostraban abiertamente.

—Vaya, parece que tenemos admiradores. Pero todos te miran a ti primero—comentó mi prima. A ella no se le escapaba nada, claro, vivía pendiente de las miradas.

Sentí que me subían los colores al rostro y aparté la mirada enseguida avergonzada pensando que ese desconocido había visto mi video o me conocía de la agencia de Ravena. Vio mis fotos. Pues vi algo raro en su mirada, una intensidad inusual, como si me conociera.

—Tranquila, no te hará nada. sólo parece bobo por ti. Y es muy guapo y elegante. Qué pena que le gustes tú y no yo... como reza el refrán: "Dios da pan a quién no tiene dientes".

Comí la mitad de lo que me sirvieron y miré impaciente a Laura. deseaba que devorara ese plato de una vez, pero ella había pedido uno de los platos más suculentos del menú y tuve la sensación de que tardó horas en devorar hasta el último trozo de pollo. Claro ella sí disfrutaba la visita al restaurant.

De pronto, se acercó el mozo con una rosa en una bandeja.

—Señora, el caballero de esa mesa le envía este presente—dijo.

Tomé la rosa confundida y aterrada vi que tenía una nota. Mi corazón latió acelerado mientras leía la nota.

"Bellísima flor, si quieres conversar aquí tienes mi número" ...

Laura me miraba expectante.

—Oh vaya, qué hermoso detalle. ¿Qué dice la tarjeta?

La miré y le di la rosa con la tarjeta para que la leyera.

—Bueno, ¿este hombre no sabe que eres casada con esa argolla en tu dedo? Y al parecer no le importa nada. Se ha enamorado de ti—opinó Laura.

—Exageras, sólo quiere una cita para lo que te imaginas. Tal vez pensó que tengo algún interés en él.

Mi prima sonrió.

—Bueno, es que tú no pareces casada, llevas el cabello como antes, no has cambiado nada y no te vistes tampoco como la esposa de un Castelli.

La miré ceñuda mientras llamaba al mozo para pedir la cuenta.

—¿Por qué lo dices?

—Porque tu ropa es muy sencilla. Imagino que costó su buen dinero, pero siempre optas por los tonos pastel, suaves. Y tienes cara aniñada, deberías cortarte el cabello más sexy en vez de llevarlo lacio y tan largo. Bueno, es una idea.

—A Tiziano le gusta así. Le encanta cómo soy. Por eso lo atrapé—dije mordaz. Empezaba a cansarme de sus críticas.

Ella se sonrojó un poco y me miró con cara de arrepentida.

—Sí, claro, tú sabrás. Se nota que lo tienes muy amarrado. Sólo fue una idea que tuve. No me hagas caso. En realidad, tú sólo tienes veintidós, pero pareces menor. Como de mi edad o menos.

Vaya, y ahora Laura, la que parecía una chica mala de colegio me decía que yo me veía menor. Era el colmo.

Estaba tan molesta que olvidé que quería comer un helado y llamé al chofer para que fuera a buscarnos. Mientras nos íbamos sentí la mirada de mi nuevo admirador, había dejado la rosa en la mesa y eso debió desilusionarle por completo. Mejor así. Esperaba no volver a cruzármelo.

Fue un alivio poder irnos un fin de semana a la mansión campestre del Piamonte con mi marido. No sentí ninguna culpa cuando nos fuimos el sábado de mañana. Laura prometido cuidarse y no hacer ninguna locura.

Ella dijo que estaría bien y vería a sus amigas, pero le encomendamos al chofer que la cuidara y a un par de guardaespaldas que la vigilaran.

—Al fin solos, mi amor—dijo Tiziano mientras abandonábamos el mundanal ruido.

—Sí, de veras.

Él sonrió.

—Tu prima es insufrible.

Lo miré alarmada.

—Lo lamento... realmente debimos enviarla a su casa, pero ella no quiere.

—Claro que no, es más divertido quedarse en casa y arruinarnos la paz. Pero escucha, se irá la semana entrante. Sé que es tu prima y la aprecias, pero ya no resisto ver todo hecho un chiquero por su culpa. Por más que le hablas se hace la tonta.

—Lo lamento, no pensé que fuera así. Pero en realidad debí suponerlo porque toda su vida ha sido así. Arruinó mis cumpleaños, pero no dejaré que arruine mi vida de casada.

—Bueno, no es para tanto. Es molesta sí, es como una mosca en el plato, pero no por eso. En fin. Tampoco la odio, veo que algo te acompaña en la semana.

—Sí, es cierto. Bueno, quiero ayudarla a que salga adelante. Que se estabilice un poco. Pero te pido que le des un tiempo, me da miedo pensar en esa gente que la tenía raptada.

Tiziano se mantuvo atento al volante, esta vez quería manejar él pues le gustaba.

—Tengo mis dudas sobre esa historia. Y mejor que sea así. Porque si realmente la retuvo la mafia volverán por ella.

Esa posibilidad me llenó de terror.

—¿Tú crees? Entonces no debimos dejarla sola.

—Ella estará bien, Alexia. No puedes ser su niñera toda la vida. Debe aprender a no meterse en líos porque no siempre te tendrá a ti para cuidarla. Imagino que habrá aprendido la lección, o eso espero.

Mi marido tenía razón, no podía cuidar a Laura para siempre, debía madurar y hacerse cargo de su vida.

Llegamos dos horas después, manejando despacio. El paisaje verde lleno de flores de finales de verano me dio tanta paz. Todavía hacía calor, pero en las mañanas había comenzado a sentirse una bruma a veces.

Había sido un verano intenso, divertido, lleno de paseos.

Cuando vi la mansión del capriccio a lo lejos pensé que era el lugar más bonito del mundo, y soñaba con un día poder quedarnos allí más tiempo, con ver esos hermosos jardines y esa vista magnífica al despertar.

Estaba deseando llegar allí y quitarme el estrés.

Había pasado una semana incómoda y llena de estrés gracias a mi primita.

Traté de olvidarme un poco de esa semana infernal con Laura, primero sufriendo al pensar que la tenían esclavizada en un prostíbulo y luego a salvo en casa me convencí de que Tiziano tenía razón: no había sido buena idea llevarla con nosotros. Pero bueno, mi tía y toda la familia estaban felices al saber que estaba conmigo y yo la ayudaría a encaminarse de cierta forma. Por un tiempo...

Llegamos al capriccio, a ese rincón tan nuestro y aparté a Laura de mis pensamientos de un plumazo, en un santiamén.

Ese lugar era tan especial para nosotros, allí había escapado hacía meses cuando quise vender mi virginidad y luego comprendí que no quería hacerlo, que no estaba lista. Y, sin embargo, Tiziano me había llevado allí para conquistarme y pasamos los días más felices juntos. Tantos recuerdos vinieron a mi mente.

Entramos tomados de la mano y abrazados.

Era un día espléndido y el cielo tenía unas nubes blancas tan bonitas, y un sol intenso. Los últimos días de verano... Pero dejé de ver ese paisaje cuando nos encerramos en la habitación nupcial para hacer el amor. temblé al sentir que mi vestido solera color rojo de algodón con volados en la falda caía al suelo y temblé al sentir que me envolvía entre sus brazos arrastrándome a la cama. Él me hacía sentir única, tan amada, era maravilloso y sabía lo afortunada que era por haberle conocido y porque fuera mío. Temblé de pensar que alguna mujer pudiera robármelo un día, una de esas secretarias bonitas con carita de angelito. Demonios, ¿por qué pensaba esas cosas? Si éramos felices, si nos amábamos tanto... si sabía que para él no había otra mujer. Y sabía que se moría por hacerme muchos bebés y eso era porque me amaba.

Gemí de placer al sentir que me llenaba con su maravilloso miembro, era increíble, podíamos estar horas en la cama a veces, horas hasta dejarle saciado y yo caer rendida, casi desmayada de placer. No exagero.

A veces simplemente nos quedábamos abrazados durante horas luego de hacer el amor como en esos momentos. Me dije que era una tonta por dejarme llevar por las tonterías que decía Laura. Tiziano era mío, todo mío y me amaba y eso nunca cambiaría. Sabía que lo nuestro, era especial, era único.

—¿En qué piensas, ángel? —me preguntó él cuando nos quedamos así abrazados.

Era mediodía y debíamos ir a casa de su tío Alberto que nos esperaba, pero no teníamos prisa en realidad, yo me habría quedado allí todo el día.

—Pienso en ti, mi amor en que quisiera quedarme aquí—le respondí.

Él me miró con sus ojazos negros.

—Podemos quedarnos un poco más si quieres, hermosa. Ven aquí... tenemos un asunto pendiente tú y yo ¿eh? El bebé...

Me sonrojé.

—¿Crees que ya esté en camino? —me preguntó tocando mi vientre.

—No lo sé, tal vez. Es muy pronto para saberlo.

—Bueno, entonces seguiremos buscando—dijo y me dio un beso ardiente.

Llegamos a media tarde a la mansión ancestral de los D'Este. Allí estaban los tíos, primos y esas damas remilgadas con títulos nobiliarios, condesa, duquesa y sus hijos. Vaya, no esperaba que estuvieran todos allí, me sentí algo cohibida.

Solía sentirme algo intimidada entre la familia distinguida de mi marido, ellos no eran personas comunes. Eran aristócratas y todos poseían sendas propiedades y muy orgullosos de su linaje y los sentía altivos y me pregunté si me toleraban por mi boda, obligados de cierta forma o acaso intuían que yo escondía un secreto.

—Oh, pero qué bonita esposa tienes—dijo una de las tías viejas más parlanchinas.

Cada vez que me veía decía lo mismo. Creo que no lograba recordar quién era porque las otras mujeres le decían;

—Es Alexia, la esposa de Tiziano. ¿No lo recuerdas? Se casaron hace seis meses en la catedral de Milán.

Al parecer la dama no se acordaba nunca de haber ido a mi boda. Sin embargo, ella y las otras eran muy alegres y hablaban hasta por los codos. Yo pasaba más tiempo charlando con ellas que contaban historias del pasado y me hacían reír con esos chistes de otras épocas que en compañía de las más jóvenes.

Las esposas de los nuevos miembros D'Este eran mujeres estiradas y antipáticas, altaneras que no tenían reparo en mantenerse apartadas de mí como si fuera una especie de oveja negra o algo así. No me importaba por supuesto. Eran todas unas bobas presumidas que debían sentirse superiores a mí.

Sin embargo, no me sentí cómoda en esa ocasión, pues los hombres se fueron a beber whisky y charlar en un momento luego del almuerzo y yo quedé sola, rodeada de mujeres de mi edad o un poco más que me ignoraba o me miraban como un insecto.

Extrañé mucho a Tiziano, sufrí todo el tiempo que estuve allí recluida con las mujeres jóvenes de la fiesta que hablaban de cosas intrascendentes de moda hasta que una de ellas mencionó a Marco Castelli y paré la oreja. No pude evitarlo.

—Tiziano cree que no es hijo legítimo y lo ha demandado, quiere que se haga una prueba de paternidad—dijo Anabella, la esposa de Francesco D'Este, primo segundo de mi marido. Una mujer de unos treinta años, cabello oscuro y ojos de un tono miel. Era hermosa. Tenía la cara muy delicada y bella pero tampoco ella mostraba inclinación alguna hacia mí. Tal vez porque no teníamos la misma edad o porque consideraban que yo no estaba a la altura, pues en su mayoría las esposas de los primos y tíos de mi marido eran jóvenes de la realeza de Milán o Florencia.

—Oh sí, la famosa prueba de paternidad que su padre se negó a hacerse—dijo una prima de Tiziano.

Sus primas tampoco parecían soportarme, eran tres y todas hablaban siempre como si yo no estuviera presente y ahora mencionaban un asunto muy serio que atañía a mi marido y tampoco me miraban. Como si yo fuera la doméstica que estaba sentada allí quién sabe por qué... Un completo cero a la izquierda.

Paré la oreja todo lo que pude, traté de intervenir, pero supe que querían cambiar de tema, luego de captar mi atención parecieron decidir que no era prudente hablar de ello en mi presencia.

Por supuesto que ignoraba que Tiziano estuviera haciendo un juicio a su medio hermano, no me sorprendía porque lo odiaba, pero al parecer la guerra continuaba. Por más que le dijera que tenía que parar Tiziano era terco y entre ambos había una guerra declarada desde hace tiempo, Marco era el hermano nacido fuera del matrimonio que nunca fue aceptado por los Castelli y con el paso del tiempo se convirtió en enemigo de Tiziano y de sus hermanos Giancarlo y Giovanni. Ahora estaban en plan de guerra por la herencia de su padre, lo sabía y nada había salido como mi marido esperaba en ese aspecto. Y era un tema del que no hablábamos. Todavía se sentía apesadumbrado por la muerte de su padre, por momentos lo notaba triste, pero él no quería hablar de ello.

Me alejé apenas pude para reunirme con mi esposo. Al diablo ese clan machista D'Este, esos aristócratas reunidos. No quería estar con esas mujeres que me ignoraban, era mi fin de semana con Tiziano y lo disfrutaría.

Sus ojos me vieron apenas entré al salón y también supo que algo me pasaba, me conocía tanto. Y sin vacilar, mi marido dejó el vaso de whisky y la alegre partida de póker para acercarse a mí. Supo que quería irme, que no me sentía cómoda.

—¿Pasó algo, hermosa? —me preguntó luego de llevarme aparte.

—No... es que extrañaba estar contigo —le respondí.

Él me abrazó y me dio un beso suave.

—También te eché de menos, cariño. Mejor nos largamos de este mausoleo. Ya cumplí con la familia y con mi tío Alberto —dijo.

Y nos fuimos, nos despedimos sólo del tío y los demás.

Pero mientras manejaba de regreso a la mansión del campo me preguntó si había pasado algo en la fiesta.

—No... es que las mujeres no me hablan, me ignoran y al final comienzo a sentirme mal —dije.

Él me miró sorprendido.

—¿Siempre es así?

Asentí.

—Pero no importa, no tengo que agradarles, tú eres mío de todas formas, aunque a ellas no les guste.

A Tiziano no le gustó saber del desplante de las esposas de los nuevos miembros de la realeza italiana.

—Son unas huecas, todas ellas. Ignóralas. Malditas presumidas. No son mejor que tú en nada —dijo molesto.

—Sí, la próxima vez me quedaré con tus tías, ellas sí son divertidas, no paran de hablar ni un segundo. En realidad, estaba conversando con ellas al comienzo, pero se fueron a otra parte.

—Celos de mujeres, tonterías. Intrigas. En mi familia siempre ha habido líos por eso, que la esposa de tal no soporta a la esposa del otro y así. Durante la Edad Media hubo un par de asesinatos cometido por mujeres, y querellas a causa de una mujer muy mala que era tan celosa de su marido que lo enemistó con su hermana y luego dicen que la mató... aunque no son más que leyendas de otros tiempos. Y a propósito de eso, mi tío está empecinado en encontrar el tesoro del conde del Piamonte, un ilustre ancestro nuestro. Y me ha pedido que lo ayude a descifrar unos pergaminos que encontró el otro día. Cree que son del tesoro. Le dije que no tenía tiempo ahora pero que cuando pasemos un tiempo más en el Capriccio tal vez pueda ayudarle... está muy entusiasmado.

—Oh vaya, qué interesante. Un tesoro. ¿Y ha encontrado un mapa?

—Bueno, es que no está seguro de que sea un mapa, debe consultar con expertos. En realidad, ese tesoro no es más que una leyenda. El problema es que no quiere avisar a nadie más porque no confía en los expertos y teme que si le dice a otro le robe su valioso tesoro. Pero ya le dije que deberá pedir más ayuda para leer mejor el mapa que encontró de casualidad cuando movió unos cuadros de la sala. Ese tesoro ha obsesionado siempre a la familia D'Este. Desde tiempos remotos. Siempre hubo un conde D'Este empecinado en encontrar ese bendito tesoro. No es más que un cofre con joyas antiguas que escondió una dama durante un asedio al castillo del Piamonte, pero ahora ha de tener un valor cuantioso, es lo que cree mi tío, pero en realidad lo apasiona encontrarlo, como un juego de niños. La búsqueda del tesoro escondido de los piratas... sí, lo divierte y quiere encontrarlo. Además, me ha dicho que me nombrará su heredero, ¿sabes?

—¿De veras? Bueno, tú siempre has sido su favorito.

—Sí, y no se fía de sus otros sobrinos. Él no tuvo hijos, estuvo casado pero su esposa era estéril y en esos tiempos no estaba bien vista la adopción así que nosotros fuimos como sus hijos. Los hijos de su hermana Lidia en realidad, pero no es tan cercano con los otros sobrinos que tiene, con los hijos de sus dos hermanos varones. Los ve maliciosos e interesados, esas fueron sus palabras y, además, no les importa nada el legado familiar ni lo cuidarán, sólo piensan en recibir herencias y vender, vender... Sabe que yo cuidaré todo esto, pero no sé, me da mucha tristeza pensar que un día no estará, ha sido un padre para mí. Cuando nos mudamos a la mansión ancestral de la familia con mi madre ella estaba muy deprimida porque mi padre la había dejado y recuerdo que él y su esposa casi nos adoptaron, cuidaron de nosotros, y nos consintieron montones. Y también ayudaron mucho a mi madre a salir adelante. Por eso les estaré siempre agradecido. Pero lo veo mayor y me da tristeza, no quiero pensar que un día no estará. Perdió a su mujer hace años y eso lo deprimió bastante pero igual sigue siendo un tipo jovial y lleno de energía a pesar de que tiene setenta años.

—Sí, parece menor. Bueno, será divertido que lo ayudes a buscar el tesoro, pero para eso tendremos que mudarnos al campo.

Él me envolvió en sus brazos y me dio un beso ardiente sin pensar que había un montón de ojos observándonos a la distancia.

—Y eso haremos pequeña, cuando tengamos al bebé nos mudaremos aquí un tiempo.

La idea me pareció estupenda.

Nos despedimos del tío y los demás y dejamos atrás la mansión D'Este.

Volver al Capriccio calmó mi ánimo de inmediato y estar con él era todo lo que necesitaba para ser feliz. Éramos como dos tortolitos, dos enamorados que se morían por estar juntos y cada tiempo compartido era especial. Y volaba, por desgracia.

El domingo nos quedamos todo el día en casa, sin visitas, sin compromisos, solos los dos, haciendo planes sobre cuándo podríamos mudarnos definitivamente al campo, o recordando la vez que nos conocimos.

En un momento noté que Tiziano se quedaba callado durante el almuerzo y le pregunté si estaba bien.

Él me miró.

—Sí... todavía me da mucha rabia todo.

Sabía que se refería a la muerte de su padre.

—Bueno, trata de perdonar y olvidar. Ya pasó. Las cosas ocurrieron así.

No me refería a su repentina muerte, me refería a todo aquello que lo lastimaba y se lo dije.

—Es que no puedo quitarme la sensación de que fuimos dejados de lado, sabes, que mi padre se fugó con esa secretaria y le hizo un hijo sin pensar en nada más que en él mismo.

—¿Era su secretaria? —pregunté alarmada.

Él asintió.

—Secretaria y modelo, se enredó con todos los millonarios que pudo antes y después que mi padre. Por eso lo suyo no duró. Y por ella tuvo una doble vida y dejó a mi madre. Por una vulgar ramera.

—Estuvo mal, lo sé, pero él se mantuvo en contacto, no fue que desapareció de sus vidas y nunca más. Y ahora ya no está y nada cambiará. Trata de recordar lo bueno que imagino que también tuvieron algo bueno.

No sé si mis palabras podían cambiar algo.

—Sí, tuvimos nuestros buenos momentos, es verdad y sólo me da rabia que ese imbécil fuera la piedra en el camino, motivo de pelea con mi padre.

—Pero tú no dejaste de verlo, y sé que tu amor por él era desinteresado y no ocurrió lo mismo con ese otro hermano.

—No es mi hermano, y voy a probarlo. Mira esto.

De pronto sacó el celular y me mostró una fotografía de un hombre de unos cincuenta años o más que tenía un asombroso parecido con Marco Castelli, pero más robusto.

—¿Quién es?

—Voila! No es el padre de Marco, pero se parece mucho a él. ¿No es así? Pues de casualidad se llama Roberto Casarín, un ricachón de Nápoles, su hermano Rómulo Cassarino tuvo una aventura con Simonetta Andreotti. La madre de Marco. Mucha coincidencia, ¿no lo crees? Y ahora el nene ha recibido un misterioso legado de Rómulo Cassarino. Y no se parece a él sino a su tío Roberto. Maldita bruja tramposa. Voy a desenmascarar a esa ramera y a su hijo.

—¿Y cómo lo supiste?

—Tengo mis informantes. Pero en realidad conseguí una lista de los amantes ricachones de Simonetta. Una beldad en sus años mozos, sabía que había engañado a mi padre y que cuando él lo supo la dejó y sin embargo siempre pensó que Marco era su hijo y se negó a que él se hiciera un examen de paternidad. Pero yo creo que esta vez las pruebas serán concluyentes.

—Pero tu padre le dio su apellido, amor, ¿qué cambiaría ahora una prueba de paternidad?

—Bueno, cambiará que lo obligaré a hacérsela de una vez. Presentaré estas fotografías de prueba y veremos qué pasa. Al menos haré que ese desgraciado deje de usar el apellido de mi padre.

Tiziano siempre había dicho que Marco no se parecía a ellos ni a su padre, todos de ojos muy oscuros y cabello castaño. La fisonomía de Marco era distinta, tenía el rostro más cuadrado y se notaba que no tenía nada en común ni con mi esposo ni con mi fallecido suegro. Ahora él esperaba probarlo. ¿Qué pasaría si realmente tenía razón? La foto de ese millonario sureño era una prueba contundente. La misma mirada azul tan fría, el rostro ancho hasta la boca, era idéntico.

—Ahora dejemos ese tema, hemos venido aquí a descansar—dijo Tiziano. Y tenía razón. Era un estrés pensar o mencionar ese asunto.

EL VERANO LLEGÓ A SU fin y comenzaron a sentirse los primeros días frescos de otoño, ventosos y con un tiempo inestable. Lluvias... las lluvias de setiembre comenzaron a notarse.

Laura había comenzado a trabajar en una de las empresas de Tiziano medio tiempo porque dijo que quería estudiar y no podía pasarse la vida entera en una oficina... estaba muy animada y la noté rara. Distraída a veces.

Un día ocurrió un hecho algo desagradable.

Fue durante la mañana, yo solía desayunar con Tiziano, y madrugaba para acompañarle, a veces llevaba un camisón sin nada más porque olvidaba que Laura estaba cerca. Pero ese día lo recordé y me vestí deprisa.

Charlábamos de ese tesoro que quería encontrar tío Alberto cuando Tiziano fue a darse un baño. Yo lo acompañé porque habíamos estado jugando un ratito en la mañana por un instante olvidé que estaba Laura, hasta que la vi salir del baño con ropa interior transparente de encaje y di un paso atrás, furiosa.

—Oh disculpen... no sabía que estaban allí—dijo Laura sonrojada y sus ojos verdes y brillantes miraron a Tiziano nerviosa y luego a mí.

Era el colmo. Mi marido se sintió incómodo y yo ni qué decir. Llevaba ropa interior de encaje y se le traslucía todo. ¿Esa era la ropa que usaba una chica virgen para ir a su trabajo?

Mi marido me miró y se alejó casi corriendo a darse un baño y yo me quedé allí furiosa sin saber qué hacer.

Los días pasaron y no hubo más incidentes, pero vivir con Laura era un estrés. Era sentir que no teníamos privacidad, ver latas de cervezas a medio tomar por todas partes, ropa tirada... parecía un adolescente bobo y malcriado, de veras. Y varón. Porque sabía que los varones eran lo más cochino de este mundo cuando llegaban a esa edad en que dejaban todo tirado por todas partes, lo sabía por mis primos que pasaban esa etapa en la cual muchas madres se tiran los pelos. A Laura sólo le faltaba dejar tiradas revistas porno de mujeres desnudas.

Empecé a fastidiarme, sí, un día la reté le pedí que fuera más ordenada y ella me miró atontada. Claro, es que andaba con unos auriculares escuchando música moderna y no oía nada.

Un día, sin embargo, y cuando llegó a la hora del almuerzo la vi hasta pálida, como si le pasara algo.

—Tengo mucha hambre, ¿ya has almorzado?—preguntó.

—Sí, recién... hay un trozo de pastel de carne en la nevera.

—Guau, qué rico. Me encanta.

Luego de servirse una respetable porción me miró con fijeza.

—¿Qué sucede? ¿Te pasa algo? —le pregunté.

De pronto me preguntó qué pastillas podía recomendarle.

—¿Pastillas? —repetí sin saber de qué hablaba.

Ella se puso colorada.

—Sí, las que tomas para evitar los bebés, esas. Supongo que las tomarás también.

Sostuve su mirada.

—¿Acaso piensas tener una aventura, Laura? —le pregunté a su vez.

Mi prima se sonrojó.

—No, pero... ya soy adulta. Quiero empezar a tomar precauciones. Ya no quiero vender mi virginidad. Pienso que lo haré cuando me enamore de un hombre rico o de buena posición.

Sus palabras me hicieron sonreír.

—Bueno, imagino que tendrás pretendientes en tu nuevo trabajo.

Laura sonrió de oreja a oreja y en sus mejillas se formaron dos hoyuelos, uno en cada lado.

—Pues sí... me miran todos como lobos hambrientos, pero yo los ignoro.

Los ignoraba claro, pero quería empezar a cuidarse.

—Laura, creo que a tu edad deberías exigir que él usara preservativo. Sí. Porque todavía no conoces a esos pretendientes que tienes. No sabes con cuantas mujeres duermen. Disculpa mi franqueza. Pero no puedes confiar tu virginidad a un hombre que no... que tal vez sea promiscuo. Imagino que te habrán hablado de las enfermedades de trasmisión sexual como la sífilis y el sida.

Laura se puso muy seria.

—Claro que sí, me tienen aburrida con todo eso. Sólo quiero saber si... te dolió mucho la primera vez que lo hiciste. Imagino que Tiziano fue el primero ¿no?

Me puse colorada como un tomate, ciertamente que no tenía ganas de contarle de mi primera vez con mi marido, diablos. Realmente no estaba preparada para que me hiciera esa pregunta a quemarropa.

—¿No esperarás que te hable de eso? Es un tema privado, Laura.

—Bueno, disculpa—sonrió—Es que mi madre dijo que tú te casaste virgen y que él estaba loco por ti y no le importó esperar a la boda. ¿Es verdad? —insistió.

—¿Para qué me haces esas preguntas, Laura? ¿Acaso te has enamorado tan pronto de tu jefe?

—¿De mi jefe? No, por dios. Sólo sentí curiosidad. Es que Tiziano te mira de una forma. Te adora, Alexia. Y se ven tan enamorados. Diablos, imagino que tienen sexo todos los días.

De nuevo decía esas cosas a quemarropa para hacerme enfadar.

—Eres una entrometida, Laura. Vives con nosotros, ¿lo olvidas?

—Sí, lo sé, perdona. Pero dime al menos qué píldoras tomar porque bueno, te diré la verdad, hace algún tiempo que un millonario me ronda y... es muy rico y muy guapo y sabe que soy virgen. Dijo que esperará, pero no quiere cuidarse, dijo que por nada del mundo se perderá de sentir el instante en que entre en mí y me haga suya. Por eso no quiere cuidarse. Dijo que tiene el carné de salud al día y no tiene enfermedades. Que siempre usa preservativo con las mujeres con las que se acuesta, pero que conmigo será especial y por eso.

—Laura, pero ¿quién es ese hombre? ¿De dónde le conoces? Un millonario, ¿de veras? Nunca lo habías mencionado.

—Es muy misterioso pero su auto Ferrari y el reloj de oro no me engañan. Tiene mucho dinero y es un hombre tan fino... hace como tres semanas que anda tras de mí, fue antes en la cafetería, no sé cómo fue allí un hombre tan fino como ese, pero fue y me miró y creo que sentí que me ponía de todos los colores. Pero luego dejé de verlo, lo vi a los días cuando salía del trabajo y... se me acercó en la calle porque me reconoció.

—Laura, ten cuidado. Tengo la sensación de que ese hombre es peligroso. Eres muy crédula y sueñas... no te culpo porque yo fui igual. Se te acerca un hombre educado y adinerado y te imaginas que es un príncipe azul.

—Bueno tú sí lo encontraste. Tiziano es tu príncipe azul, feo pero príncipe al fin.

La miré furiosa.

—Mi marido no es feo, es muy guapo, y para mí es perfecto.

Ella rio a carcajadas mientras iba a la nevera por una cerveza en lata. Se las compraba para tener siempre una mano, nosotros no bebíamos, pero mi prima se bebía siempre una con la comida.

—Bueno, es que tú lo miras con ojos de enamorada prima, yo lo miro con ojos normales, además ¿qué importa? Está lleno de oro y te adora, adora el suelo que pisas. Sabes estuve en su empresa el otro día.

Mi prima tenía la costumbre de cambiar de tema a una velocidad alarmante y te mareaba.

—Y me dijeron que tu marido no es mujeriego. Y que sólo tiene ojos para su bella esposa. Para que veas. Y para que lo digan esas zorras de oficina, pues ha de ser verdad. Lo dijeron con una amargura—Laura dejó escapar una risita maligna.

—Eso ya lo sabía, prima. Pero no cambies de tema. Acabas de salir de una buena y debes ir a todos lados con guardaespaldas. Ten cuidado. Tal vez ese hombre es de la red de mafia. Por favor. No seas tan confiada—le dije entonces.

Ella me miró muy seria.

—Mentí, Alexia. Nunca me raptaron. Lo hice para que me dejaran en paz. ¿Nunca te ha pasado que quieres desaparecer unos días y que nadie te encuentre? Lo siento sí, no quise mentirles a ustedes, son mi familia ahora, la única que me queda, pero... lo hice para que me dejaran de buscar.

Esas palabras me dejaron helada.

—Pero ¿tú estás loca? ¿Por qué mentiste? ¿Te das cuenta de la angustia que causaste a todos?

Confieso que entonces me sentí furiosa con Laura.

—Sí, lo sé y casi siento culpa de todo lo que hice, pero... ahora debo ir con esos perros a todos lados y me molesta. Así que dile a tu marido que mentí así deja de obligarme a ir con guardaespaldas a todas partes. No tengo privacidad para verme con mi novio y además uno de esos gorilas siempre me mira el trasero. Es un desgraciado.

Reí tentada cuando dijo eso, no pude evitarlo.

—Ay Laura, eres un diablillo. Siempre lo has sido no has cambiado nada. ¿Te das cuenta de los nervios que pasamos, la angustia pensando que te tenía una mafia?

—Sí, ya sé, disculpa. Creo que exageré un poco, debí decir que estaba con un novio que era lo que todos pensaban...

—¿Pero y dónde estabas?

—Estaba con las chicas, pero escondida en otro departamento. Iba a trabajar y pedía que no dijeran nada. Cambié el horario y allí fue que conocí a ese hombre guapo.

—Laura, tu madre te adora, ¿por qué le hiciste eso de no llamar y desaparecer?

La cara de mi prima cambió.

—Es que ella no me deja en paz, me tiene harta con sus anticuadas enseñanzas morales. Tenía que escapar, venir a la ciudad y buscarme un novio que valga la pena. Un hombre que me ayude a progresar. Todas mis amigas tienen novio y tienen sexo sin parar. Hasta tienen varios novios y hacen todo. Son felices, libres, y no tienen a su familia detrás que las persiga como a mí. Realmente mi madre me hace pasar vergüenza a veces, me hace sentir mal. Ya no la soporto. Necesito crecer, hacerme mujer y por eso te pido que me digas qué pastillas usar porque tengo un novio millonario y tenemos mucha química, nos besamos y hacemos cositas, pero no, todavía no llegamos hasta el final...

—Vaya, así que en realidad ya es tu novio y lo tenías escondido.

Laura se puso roja como un tomate.

—Bueno, es que no sabía que era mi novio, me lo dijo el otro día, me presentó como su novia a unos amigos y me sentí especial.

—Y además salen y hacen "cositas".

Me pregunté a qué se refería con cositas, si serían besos o algo más.

—Pues sí... está loco por mí y dice que cada vez es más difícil aguantarse y cuando veo su cosa tan grande me da miedo. Me da mucho miedo que me lastime.

Ahora yo me puse colorada de que me contara cosas tan privadas.

—No duele, lo que te dolerá será tu corazón cuando ese joven "millonario" te lo rompa, eso sí dolerá.

—Y ahora hablas como mi madre. Como la señora del templo.

—No, no hablo como la señora del templo, sólo te digo que tengas cuidado. Averigua quién es. ¿Cómo se llama?

—Lorenzo.

—¿Lorenzo qué? ¿Nació sin apellido?

—Bellini o Piazza o algo así, no lo recuerdo bien. Por favor, dime qué hacer, dime qué pastillas tomas. Me da miedo perder la virginidad y quedarme embarazada y sola. Tal vez él se quede si le doy lo que me pide o se vaya... quisiera que se quedara, pero a él le molesta que le diga que no, dijo que no es un adolescente para conformarse con besitos.

Me tomé un momento para pensar.

—Laura, escucha. También me pasó como a ti, vine aquí a conseguir un buen empleo y estudiar y no conseguí ninguna de las dos cosas. Y sé algo de los hombres y te daré un valioso consejo: no esperes atrapar a ese hombre en la cama, con sexo. Porque para acostarse están todos, prima, todos. Y habrás recibido muchas invitaciones a ese lugar imagino.

—Sí y qué? ¿Quieres que sea una monja el resto de mi vida?

—Es que no sé si él siente algo por ti, eso. ¿Tú lo sabes? ¿O sólo quiere tenerte? Porque eso podría confundirte. Tal vez sólo te desea y cuando le des lo que quiere se irá. Bueno, sé que hoy día pasa todo el tiempo. Pero debes estar preparada. Tal vez sea sólo una aventura y será tu primera vez. Pero no es con sexo como atrapas a un hombre, te lo aseguro. Lo atrapas cuando se enamora de ti, cuando haces que se enamore y para eso debes hacerte desear. Inventa excusas. Dile que tienes miedo, pero no te vayas con él a la cama sin ver si realmente siente algo por ti. ¿Has conversado con él? ¿O sólo han estado besándose? ¿Sabes si es casado, a qué se dedica?

—Dijo que es soltero y que no se casará nunca. Porque dice que las mujeres casadas se vuelven dominantes y pesadas y a él le gusta ser libre, ir a donde le plazca y dormir con quien tenga ganas. Es dueño de una fábrica de autos.

—Ah es un idiota Laura.

—No, no digas eso. Lorenzo no es un idiota. Pero es diferente, es un hombre fino y sofisticado. Que ha viajado por el mundo y no me saca el ojo de encima y cuando nos besamos siento que se excita mucho.

—Eso es normal, tú le gustas.

—Pero es más que eso—aseguró Laura con énfasis—sé lo que es calentar braguetas, Alexia, hace años que hago sólo eso, calentar y luego les digo que no porque no quiero perder mi virginidad con un imbécil. Y noto que él me busca, está obsesionado conmigo, me vigila, me sigue y hasta quiere que trabaje para él.

—Bueno, lo que tú me dices se llama deseo, obsesión, no sé si hay algo más. Por lo que me cuentas es el típico playboy italiano.

Mis palabras la enojaron.

—¿Y tú cómo sabes eso? Ya le pones un rótulo de playboy italiano y ni siquiera lo conoces.

—Bueno, tuve un jefe como ese hombre, casado y con amantes. Se vuelven fríos. Un hombre que engaña, que seduce, que embauca tanto tiene que ser frío. Pero sólo lo intuí. Por lo que me has contado de él. Tal vez sea casado y mintió, porque esos hombres ricos tienen un montón de mujeres de dónde escoger. Dime algo te escribe ¿por WhatsApp, te ha hecho algún regalo?

—Me escribe a veces, pero ahora por el trabajo no puedo hablar mucho. No me dejan, hay un par de víboras que me espían, creo que me tienen envidia. ¿Por qué lo preguntas?

—Porque eso demuestra su interés. Además. El tiempo. Sigue mi consejo, si quieres atraparle hazte desear. No te vayas corriendo a dormir con él. Porque eso es lo que busca, lo que quiere. Y luego te buscará para hacerlo de nuevo, pero si no hay algo más, si no hay cierta conexión entre los dos, sólo perderás tu tiempo además de tu virginidad.

—¿Conexión? ¿A qué te refieres?

—Afinidad, si tiemblas al oír su voz, si conversan hasta altas horas... cosas que digan que ...

—Bueno, él siempre me busca sabes, me persigue bastante. Supongo que puede tener la mujer que desee y cuando supo que era virgen le gustó mucho más. Fue muy especial porque me llevó a su departamento y yo temblé al comprender lo que quería. Y yo no estaba segura si le diría que no porque estuvimos besándonos y me hizo sentir cosas que... y en un momento cuando sacó su cosa yo me asusté mucho...—hizo una pausa y me miró con fijeza—porque tuve miedo de que, no sé, me dio miedo porque se la vi ancha y gorda.

—Ay por favor, no puedo creer que me cuentes esas cosas.

Mi prima rio tentada.

—Es la verdad. Nunca vi una tan grande, excepto en las películas claro, pero no sé si allí hacen trucos o son de verdad. La cuestión que en ese momento me puse mal y lloré y le rogué que no me hiciera daño. Le dije que era virgen. Y él me miró muy serio, creí que estaba furioso porque primero lo dejé que me tocara que me besara, pero luego le dije que no. Pero no estaba enojado, un poco sorprendido. Me preguntó si era cierto y le dije que sí. Pensé que no volvería a llamarme porque se enojó y me dijo por qué había aceptado ir a su departamento si no quería estar con él. Le dije que me gustaba estar con él. "Ah no entiendo, qué mujer complicada eres. Primero me das alas y luego me tiras un balde de agua fría" se quejó y se rio. Creo que se le pasó. Y realmente creo que estoy enamorada de ese hombre, y no quiero perderlo.

—¿Entonces él dijo que esperará a que estés lista o algo así?

—Sí... me he quedado en su departamento el otro día... no estaba en casa de mis amigas, estaba con él.

—¿Te quedaste a dormir en su departamento? ¿Y por qué diablos no dijiste que estabas con él? Inventar toda esa historia...

Laura me miró con expresión culpable.

—Sí... lo siento, no quise decirlo... no porque me avergonzara. No lo hicimos entiendes, me quedé allí sólo unos días. Lo oculté por mi madre. Tú la conoces, se habría puesto como loca. Frenética.

—Supongo que sí.

—Él dijo que se quedará conmigo si me entrego a él, dijo que siempre soñó con tener una virgen y ninguna chica lo es hoy día. Además, dice que soy una pelirroja hermosa y tentadora. Él sabe cómo besarme, cómo tocarme y tal vez... si le doy lo que quiere pueda atraparle. Estoy loca por él, sé que es muy rápido, pero es lo que siento y nunca conocí a un hombre como él.

—Diablos, lo tenías bien guardado ¿eh? Esto no es de ahora. ¿Cuánto llevas con ese hombre?

—Un mes casi.

—¿Desde tu llegada a Milán?

—No, fue después. Cuando desaparecí que empezamos a vernos.

Suspiré. No me gustaba mucho todo ese asunto del novio millonario, intuía engaño, seducción y abandono. ¿Pero cómo se lo hacía entender a Laura sin que bufara?

—Laura, es que no logro entender por qué tanto misterio. ¿Ese hombre es casado o algo?

Ella me miró desconcertada.

—No. No usa anillo ni nada. No lo creo. ¿Por qué lo dices?

—Es que no sé, a veces dicen que no quieren algo serio ni casarse porque ya están casados o tienen alguna novia. Pero más allá de eso te diría que tuvieras cuidado. Sé lo que te pasa, estás confundida y enamorada pero tal vez él hizo que te involucraras para llevarte a la cama. Porque siempre quieren eso y él desea hacerte su mujer, pero no sé si sienta algo por ti. Algo especial. Debería estar segura de que hay algo más que deseo en esa relación. Tal vez debes darle más tiempo o hacerte desear un poco más. Eso al menos hará que te busque y te persiga más que ahora.

—Vaya, tu consejo es bueno, porque mis amigas me dijeron que hiciera lo contrario y ellas son todas rameras. Pero tú te llevaste un marido rico al altar sin mucho esfuerzo, así que tienes tu mérito y astucia. Y tienes a Tiziano loco por ti y ese hombre tiene pinta de ser un hueso duro de roer. Como tu marido.

—Por favor Laura, habla con más respeto de Tiziano. Adoro a ese hombre y mataría a la mujer que intentara robármelo, ¿sabes? Lo haría.

—Oh vaya, al fin la gatita saca sus uñas… ya me imaginaba que eras celosa, aunque te hicieras la tonta. Pero descuida, yo jamás me metería con el marido de mi prima, y dudo que tu marido se meta con otra, te ama con locura así que guarda esas garras ahora.

—No soy celosa de perseguir a mi marido por todas partes ni de hacerle escenas de celos como si tuviera quince años. Pero sí cuido a mi marido y no me gustó que dijeras que una secretaria me lo podría robar.

—Ay sólo estaba fastidiosa ese día, no me hagas caso. Tú me conoces. Sabes que soy nefasta a veces. Que tengo un humor algo escorpiano y no paro hasta clavarle el aguijón a alguien… Además, ninguna mujer sensata querría robártelo, ni lo intentaría, sabiendo que está loco por ti. Hay que ser muy boba para eso.

—Sí, sé que me ama, pero no me hace gracia pensar que está horas en esa oficina llena de faldas cortas y rodeado de zorras de oficina.

—Bueno, tendrás que vivir con ello, además él llega aquí directo a buscar las piernas de su bella esposa rubia. Él te mira como si quisiera hacerte el amor todo el día. Y si le interesara otra no sería tan ardiente, imagino.

—Laura por favor, hablemos de ti.

—Estupenda idea. Está bien, dime qué pastillas tomar de una vez. ¿Cuáles tomas tú?

—Ay Laura, es que nunca tomé píldoras. Me doy una inyección que me dura dos meses. Es como la píldora, pero más fuerte y hace que no te embaraces, te cubre como dos meses y la ventaja es que no tienes que tomar la píldora todos los días.

—¿Una inyección anticonceptiva? ¿Y son buenas?

—Sí, pero escucha. No hace efecto el primer día, debes esperar como diez días o más para tener intimidad con un hombre. Por eso te aconsejo que le pidas que use preservativo. Si nunca has tomado la píldora necesitas un tiempo para que tu cuerpo inhiba la maduración de tus óvulos. Porque no sabes cada cuanto ovulas y hay mujeres que ovulan todo el tiempo y otras dos veces al mes. Y cuando ovulas es cuando más quieres tener sexo. Es la naturaleza, y esos días tu flujo se hace espeso como clara de huevo. Supongo que nada de esto te han dicho jamás.

—¿Qué? Oh vaya, eres una experta.

—Es que debes saber cómo evitar los embarazos. ¿Mira si luego ese amiguito millonario te deja con un regalo y se larga y te quedas sola? Porque por más que sea rico no querrá un hijo y no se hará cargo de él y hasta dirá que no es de él. Por eso trata de tener mucha cautela. ¿Por qué no vas a un médico para que diga si puedes darte la inyección? O pídele que se cuide a él directamente. Hoy día son buenos los preservativos, no se rompen y te protegen de todo.

—Él no quiere, no se lo pondrá. Debo cuidarme yo y empezaré ahora porque creo que en cualquier momento pasará. Me vuelve loca. Creo que si hay mucha química como dices, él se queda mucho rato conmigo y la otra vez me quedé a dormir y no pasó nada. Sólo charlamos, miramos una película y él estaba algo fastidiado por algo de su familia dijo, pero se le pasó. Nos dormimos abrazados.

—Ve despacio Laura, tal vez puedas atraparle, pero... Ten cuidado Laura. tú sueñas con tener un hombre rico a tus pies, pero los hombres ricos... algunos son muy fríos, y tratan a las mujeres como juguetes.

—Pero Tiziano no es así, ¿verdad? Aunque a ti te deja encerrada en casa, deberías salir más. Parece tener miedo de que te secuestren o algo así.

Asentí, tenía razón. Pero no quise hablarle de ese medio hermano enemigo suyo que era la razón de que tuviera guardaespaldas.

—Es que él quiere que esté en casa, se desespera si llega y no me encuentra.

Nos despedimos porque Laura tenía que salir. Era la primera vez que hablábamos de asuntos privados.

Me quedé pensando en nuestra conversación.

Vaya, por eso la había visto rara esos días, era ese hombre que la tenía enamorada. Y por supuesto que no entendería que él sólo quería sexo, prefería pensar que tenían algo. Pero a mí me parecía que ese hombre estaba jugando con la muñeca pelirroja que le gustaba. Le gustaba, nada más. Y lo peor era que la dejara preñada... ciertamente que quedé preocupada luego de esa conversación.

TIZIANO SE ENOJÓ CUANDO supo que Laura había mentido sobre el rapto, pero no le sorprendió porque decía solía decir que tenía ojos de mentirosa.

—Me pidió si puedes dejar de enviarle guardaespaldas—le dije ese día durante la cena. Laura había llamado diciendo que volvería tarde y yo me pregunté si no estaría con su enamorado millonario.

—Sí, claro y también arreglaré las cosas para que se mude y nos deje en paz. Puesto que se ha dedicado a enloquecernos a todos fingiendo un secuestro y todo eso.

No le dije nada de ese enamorado ricachón que tenía, pensé que se molestaría en realidad yo estaba preocupada por todo ese asunto, pero no podía hacer nada, era su vida.

Los días pasaron y casi sentí pena de que Laura se marchara pues nos habíamos acercado y no me agradaba que se mudara y viviera sola en una ciudad tan grande.

Sin embargo, ella estaba decidida y Tiziano ya no soportaba verla en casa. Era muy celoso y, además, bueno, también habíamos perdido un poco de privacidad y estábamos todos bastante incómodos con esa situación.

Ese día me acerqué a despedirme y le pregunté cómo estaba todo con su enamorado millonario.

Ella me sonrió.

—Todavía no lo hicimos, pero ya me di la inyección esa que me aconsejaste. Tenemos que esperar, pero no sé si él pueda... la otra vez estaba tan desesperado que no le importaba si luego me dejaba embarazada, lo dijo. Claro que luego recapacitó. Y se enojó de que le dijera que no pero no puedo quedar embarazada.

—Ay Laura, cuídate. ¿Por qué rayos no se quiere cuidar?

—Porque soy virgen, por eso, está loco por mí, pienso que si espero un poco tal vez...

—Laura, dice eso porque está excitado, luego que tenga lo que quiere te odiará por quedar embarazada.

—Ay no digas eso, qué anticuada. Odiarme. No. Ahora nos vemos casi a diario y quiere que trabaje para él. Me está convenciendo, pero no sé... no quiero terminar sentada en su falda y ser una más de sus conquistas. Pero no le gusta que trabaje para Tiziano, creo que está celoso.

—¿Y qué empresa tiene él?

—Tiene varias, una de ellas es un negocio de autos, le encantan por eso tiene los mejores. Y pensar que lo conocí en esa cafetería donde debía llevar una horrible cofia en la cabeza. Quién iba a decirlo.

—Pues mucha suerte con él y no dejes de llamar, quiero saber cómo te ha ido ¿sí?

Ella me miró con expresión triste.

—Gracias Alexia y yo...pensé que tú no querías ni verme por eso no acudí a ti cuando vine a la ciudad.

—Tonta, claro que quería verte.

—Bueno, gracias por haber cuidado de mí. Me has ayudado mucho y también tu esposo, pero él lo hizo por ti. No debe ser fácil vivir con una parienta metida en tu casa.

—Olvídalo. No fue nada. Trata de aprovechar esta oportunidad y así poder ascender en ese puesto, ¿sí? Podrías hacer un curso de administración.

—No, ni loca. Odio todo lo que sea número.

Se hizo un silencio y no pude evitar decirle que tuviera cuidado con ese hombre.

—Laura, ten cuidado con ese hombre. Ten mucho cuidado, ¿sí?

—Sí, ya sé... pero me gusta mucho y ahora... Es que quiero correr el riesgo, sabes. No me importa. Quiero vivir, amar, sufrir, sin eso no puede ser feliz en esta vida. Viví toda mi vida sobreprotegida por mi madre, sin un padre que me cuidara y me amara, pero ahora soy adulta, ya no soy una niña y quiero vivir mi vida a mi modo. Todos cometemos errores alguna vez, supongo que tú también. Aunque tu historia es la de un cuento de hadas.

Sentí pena de que se fuera y le pedí que no perdiéramos contacto y que contara conmigo siempre.

—Bueno, ya no volveré a arruinar tu cumpleaños ni a estropear tu muñeca favorita. Lo siento mucho de veras.

—Oh no digas eso. Eso es cosa del pasado, ni pienso en eso.

Ella se quedó mirándome.

—Lo siento... es que creo que me portaba mal porque te tenía celos, todos te elogiaban, decían lo hermosa que eras con tu cabello rubio tan claro y tus ojos grises. Que serías una belleza cuando fueras grande y tenían razón. Mi madre lo decía siempre y eso me hacía sentir mal. Por eso lo hacía.

Sus palabras me sorprendieron. Vaya. Qué me iba a imaginar que lo hacía por celos. Ahora lo sabía, mi madrina no tenía tacto o supongo que jamás imaginó que su hija sufría por sus palabras.

—Tienes razón, vaya, jamás lo pensé. Qué odiosa son las comparaciones, de tu hermana es más bonita, tu prima es esto y lo otro.

—Sí, a mí me hicieron daño porque yo te veía tan perfecta que me sentía fea, durante años sufrí mucho por eso. Hasta que lo superé, pero pensé que me guardarías rencor por eso no te busqué cuando vine y no fui a tu boda. Pensé que te asustarías si me veías aparecer.

—No, qué dices. Me habría encantado que vinieras con tu mamá, realmente extrañé a mi familia ese día, Laura. sólo vinieron mis padres y hermanos.

Sonrió y nos abrazamos.

—Me harás llorar y se me correrá el maquilla, basta. Debo irme. Aclarado todo pues sólo te diré que pronto les daré una sorpresa, tal vez antes de que termine este año tengamos una boda en la familia. La mía por supuesto.

La vi muy feliz de marcharse, pero yo me sentí rara. El departamento de pronto me pareció vacío. Sin Laura, sin Tiziano y decidí que mi prima tenía razón. Pasaba demasiado tiempo encerrada.

Era hora que saliera, visitara a mis amigas, no podía vivir pensando que Marco me haría daño. Él no tenía interés en mí, todo era historia del pasado de lo contrario me habría hecho daño, pero nada había pasado. Lo único que me fastidiaba de ese hombre era la forma en que me miraba como si quisiera recordarme que él sabía mi secreto. Nada más.

Pero imaginé que debía estar furioso con el juicio que estaba llevando a cabo su hermano. Tiziano no hablaba de eso ni yo quería tocar el tema sabiendo lo furioso que se ponía.

El departamento vacío me hizo sentir mal.

Pensé en las palabras de Laura sobre que mi marido me tenía encerrada todo el día y lo mucho que lo extrañaba en el día allí sola. Necesitaba ocupar mi tiempo en algo más que no fuera ir de compras, o visitar a mis amigas. Podría trabajar o... no, sabía que él no quería que trabajara, quería que me quedara en casa con nuestros hijos. Pero esa no era la vida que yo quería. No estaba segura de querer eso. Todo ese tiempo me había dejado llevar por la vida que debía tener una esposa perfecta pero ahora me preguntaba si quería vivir así el resto de mi vida, encerrada con un montón de niños llorando, esperando que mi esposo regresara a casa.

Me habría gustado sí, si viviéramos en la mansión campestre Il Capriccio, pero sabía que eso no pasaría, que siempre habría negocios que atender en la ciudad.

A veces sentía que caía en una rutina y que empezaba a quedarme encerrada día tras día.

Necesitaba salir, me sentía mal, como estresada, la partida de Laura, y nuestra conversación me había dejado afectada.

Tenía que hablar con alguien, distraerme un poco. No sabía qué me pasaba, pero ese día no me sentía nada bien.

Y no le avisé al chofer, no quería que me llevara. Quería caminar, diablos. Quería caminar como antes, parar en un lugar comprar una hamburguesa... sin tener que tener miedo ni tener esos gorilas detrás de mí.

No sé por qué me atrajo la vida de antes. Por qué tuve la necesidad de salir, pasear, sin guardaespaldas, sin autos con chofer.

Sólo di un paseo por la ciudad cuando de pronto mi celular empezó a sonar. Diablos. No quería contestar. No quería hacerlo. A menos que fuera Tiziano...

Me detuve a comprar una hamburguesa inmensa, triple y un refresco con mucha azúcar. Tenía hambre, diablos, no sabía por qué, pero un día normal no me habría pedido semejante hamburguesa, pero ese día sí.

Tal vez sentía algo raro con respecto a mi prima.

Culpa por haberla creído siempre una consentida del demonio, la niña desastre. ¿Qué me iba a imaginar que su madre tenía la culpa por decirle lo bonita que yo era, despertando así sus celos? Jamás lo habría imaginado. Bueno, al menos ya no pensaba que era la niña desastre y esperaba que le fuera bien con ese enamorado, intuía que era un

En realidad, mi vida no era exactamente un cuento de hadas. En parte sí, por estar casada con el hombre que amaba, pero...

Miré nerviosa el celular y no conocí el número.

Devoré la hamburguesa y miré a mi alrededor. Era un café pequeño, con algunos chicos que parecían universitarios y algunos turistas. Me sentí tan a gusto allí, a pesar de estar sola. Tal vez fue por hacer algo distinto, algo que nunca había hecho.

Pero no podía quedarme más tiempo, comenzaba a llenarse el lugar y seguramente necesitarían la mesa.

Tenía que ver a mis amigas, hablar con ellas, pero nunca estaban disponibles.

Trabajaban como todo el mundo y llegaban tarde en la noche porque estudiaban.

Se habían alejado un poco luego de mi boda.

Pero todavía me quedaba una amiga.

Betty.

La llamé sin pensarlo.

—Alexia. ¿Cómo estás? Vaya, qué alegría.

Debió parecerle raro que la llamara, pero no dijo nada al respecto.

—¿Todavía estás en Milán, Betty?

—Sí. De casualidad. Vine de nuevo a ver si esta vez sí logro vender el departamento. ¿Por qué?

—Quisiera verte y charlar ahora.

—Claro... ¿quieres que vaya a verte?

—Es que no estoy en el departamento, estoy en una cafetería...

Busqué el nombre con ansiedad porque era un negocio nuevo, yo nunca la había visto.

—Bueno, puedo ir allí entonces. Muero de hambre y me encantan las hamburguesas, ya lo sabes.

—Es que este lugar está atestado, no sé si encuentres lugar... bueno ven. Te espero. En realidad, yo quería salir, caminar. Podemos vernos en otro lugar.

—Espera, estoy a unas cuadras de allí. Iré en unos minutos.

Miré ansiosa a mi alrededor.

No era normal que sintiera nervios por estar sola en un lugar. Eso no era bueno, debía salir más sin tener que cargar con un séquito de guardianes de la galaxia.

Mi celular sonó de nuevo y vi que era Tiziano. No podía ser. ¿Cómo supo que me había escapado de casa sin guardias?

—Hola—mi voz se oyó bastante cobarde en esos momentos.

—Alexia, llamo a casa y no hay nadie. ¿Dónde estás cielo?

—Es que salí a caminar un poco, me sentía mal en casa. Paso mucho tiempo encerrada y sola. Laura se fue y...

—¿Saliste a caminar sola? Alexia, por favor. Hemos hablado de esto. ¿Dónde estás, dios mío?

—Estoy en un café comiendo una hamburguesa, pero no te preocupes, Betty está aquí y conversaremos un rato.

—¿Betty? —Tiziano parecía horrorizado y asustado, tal vez furioso o todo a la vez.

—iré en una hora por favor, deja de perseguirme. Necesito salir un poco, ver a mis amigas. A veces lo hago. Odio estar encerrada.

Tiziano no respondió, guardó silencio un momento y luego habló.

—Sé que necesitas salir más, ángel, pero no puedes salir de casa sin un chofer y lo sabes. Estoy lejos ahora y me siento nervioso de que estés sola en un café y encima esperando a Betty.

—Betty es mi amiga.

—Betty es una ramera que no es amiga de nadie.

—Pero sólo ella quiere charlar conmigo ahora y necesito hablar con una amiga y salir de casa. Sólo eso. Me hablas como si pensaras que voy a abandonarte.

—Tú sabes bien por qué te digo esto.

—Estoy bien, iré en una hora. Tranquilízate. Es pleno día y no me pasará nada.

Él no estaba muy convencido de eso.

—Alexia, dime dónde estás exactamente y le pediré a Antonio que vaya por ti.

—No, ahora no iré.

—Para que luego te traiga de regreso a casa y te cuide. Esto ya lo habíamos conversado, ¿recuerdas?

—Sí, pero ya no quiero esto. Necesito salir, estoy muy estresada hoy necesito hacer algo distinto.

—Está bien, ¿quieres empezar el día con una pelea? Iré a buscarte. Dime dónde estás.

—No, no te lo diré.

Le corté el teléfono para que dejara de fastidiarme.

¿Por qué hacía eso?

Me sentí mal por tener que cortar el teléfono, pero me sentí agobiada. Encerrada.

Betty llegó minutos después y sonrió al verme.

—Hola Alexia. ¿Sola aquí, en una cafetería? Sin guardaespaldas. Qué raro.

—Bueno, quería hacer algo distinto.

Ella me miró sorprendida y yo noté que su panza se notaba más que antes.

—¿Está todo bien con Tiziano? —preguntó con cautela.

—Sí. No sé, necesitaba salir porque me paso encerrada y a veces me afecta.

Abandonamos el pequeño café y fuimos hasta un restaurant pintoresco de otra cuadra.

Pedí un postre de frutas y crema y Betty un plato de carne y papas asadas condimentado con trozos de queso y tomates cherry.

—Estoy hambrienta, siempre tengo hambre.

—Me pasa a veces, creo que es la ansiedad—dije.

—¿Sufres de ansiedad? —ella parecía sorprendida.

Entonces le hablé de mi prima Laura, de las semanas que se quedó con nosotros y de que extrañaba mucho a Tiziano en el día.

—¿Y por qué no trabajas con él como su asistente o algo así?

—Porque él no quiere que esté allí. Quiere que me quede en casa y...

—Encerrada en casa. Qué anticuado. Bueno, en realidad las esposas de los aristócratas no trabajan. Por una cuestión de prestigio o algo así.

—Eso no es normal. Todo el mundo trabaja o hace algo. No puedo seguir así, creo que él teme que Marco me haga algo por eso no quiere que vaya sola a ningún lado.

—¿Marco?

—Marco Castelli, su medio hermano ¿recuerdas? Pues ahora que su padre murió, están más enfrentados que nunca. Se odian y se pelean cada vez más.

—Oh vaya, qué dramón. Bueno, pasa en todas las familias. Me parece que lo que me dices es la excusa para dejarte encerrada. A él le gusta eso. Le da como más poder sobre ti, siente que tú le perteneces por completo.

—¿Qué? No. Él no es así. Lo que dices es una locura.

—Alexia, no te engañes. Tu marido es un aristócrata y muy dominante, además. Quería que fueras su esposa y lo consiguió, pero eso no es suficiente, tiene que controlarte y tenerte encerrada. Tal vez teme que su hermano te haga algo o que tú te escapes con otro. Vaya uno a saber lo que piensa ese hombre. No es muy normal, nunca lo fue. Lo que hizo, encerrarte en esa mansión de campo haciéndote creer que estabas en peligro... fue muy dramático y muy loco.

—No digas eso. No es así.

—Bueno, él pone las reglas aquí. Él pagó un buen dinero a Ravena para tenerte y a mí para poder convencerte y acercarse a ti, ¿lo recuerdas? Creo que te veía muy guapa y no se atrevía a hablarte no lo sé, pero estaba decidido a que fueras su mujer. Y ahora lo eres. Ni sueñes que vas a hacer lo que quieras. Él manda, él es tu dueño ahora.

—Mi dueño, no soy una esclava ni un perro para tener dueño—me quejé molesta.

—Sí, claro, pero no es así como piensa él. Él te ve como suya, su propiedad, su mujer. Y debe sentir celos de su hermano o miedo de perderte.

—No lo creo, como si yo pudiera fijarme en ese loco. Tiziano es mi marido y él es quien siempre me gustó no el otro.

—Pero al otro también le gustas boba y estás casada con el hermano que odia... eso te convierte en la manzana de la discordia. —Betty rio.

—Deja de decir esas cosas. No es verdad.

—Alexia, despierta. Tu marido es un millonario aristócrata con algunos traumas por tener un hermano bastardo y haber perdido a su madre muy joven, tal vez tenga miedo de perderte. Pero debe entender que eres muy joven para vivir encerrada. Y quería que tuvieras un bebé. Eso es bien para dejarte atada, pero ¿sabes qué? En un par de años te hartas de todo y le plantas el divorcio. Te aburrirás de esa vida.

—No haré eso. Se puede cambiar, las cosas pueden cambiar.

—Estás pálida, no te ves muy bien Alexia. Tú que siempre tienes las mejillas rojas.

—Es que comencé a sentirme mal hoy, por eso salí. Lo peor es que estamos buscando un bebé, dejé de cuidarme y seguramente esté embarazada ahora y me da mucho miedo.

—¿Estás esperando un bebé?

—Bueno qué te sorprende hace semanas que no te veo y tú pareces a punto de tenerlo. ¿Cómo va todo? ¿Ya sabes qué es?

Betty sonrió de oreja a oreja.

—Es una niña y muy grande al parecer. Lo cual me da alivio, porque al ser niña seguramente se parezca a mí y no a su padre.

A su verdadero padre debió decir: Randall...

—¿Entonces sospechas que tienes un bebé?

Me sonrojé.

—Sí... es que hace un mes que me falta la regla y de antes que no... crees que quedara preñada tan pronto?

—Con un marido joven y ardiente como ese seguramente... una vez que lo hagas sin cuidarte y en días fértiles alcanza, además, luego de dejar las pastillas y las inyecciones te vuelves más fértil. Es lo que he oído. Además, ahora que te miro te ves extraña, como cansada. Tal vez estés embarazada ahora. Aunque es muy reciente claro. Pero podrías hacerte una prueba de embarazo. Se detecta con unos pocos días de atraso y tú tienes ya un mes. Es bastante.

Cuando dijo eso la miré aturdida.

—Sí, creo que debo hacerme la prueba, pero no me animo. No sé me da miedo. Betty. Hace semanas que no tengo la regla, antes de la inyección comencé a tener retrasos y ahora sí tengo un retraso.

Betty me miró preocupada.

—Escucha, ten calma ¿sí? Él te ama, no es un hombre malo. Sólo un poco autoritario y obsesivo con ciertas cosas. Pero nunca te haría daño. Es que ahora estás casada con un millonario, podrían secuestrarte o hacerte algo, sales en los diarios y te conocen aquí en Milán y en todas partes. Quizá sea por eso que no quiere que salgas sola. Trata de adaptarte y no te enojes por eso.

—Sí, supongo que tienes razón. Estoy atrapada y sólo me quedarme así. Pero no dejaré que me llene de niños, te lo aseguro.

—Eso ya veremos. Si te hizo uno tan rápido seguro te hará otro en poco tiempo...

—Es que lo amo, pero no quiero estar encerrada. Tal vez me sienta mejor cuando nos mudemos a las afueras.

—¿Van a mudarse?

—Sí, íbamos a hacerlo antes de que llegara mi prima para complicarnos la existencia... ahora que se fue creo que nos iremos pronto a nuestra nueva casa.

Charlando se nos fue el tiempo y de pronto Betty señaló a la punta del restaurant y lo vi. Era Tiziano y se veía furioso. Sus ojos negros echaban chispas. No sabía si porque me había escapado o porque estaba en compañía de Betty.

Pero se acercó y no se detuvo hasta llegar hasta nosotras.

Betty lo saludó y él le respondió con un gesto de rabia y luego me miró.

—Ángel. Estabas aquí—dijo. Estaba furioso y sin embargo me llamó ángel con voz tan suave y su mirada... parecía preocupado.

Su presencia, su mirada me venció y lentamente me despedí de Betty y me alejé con Tiziano. Él tomó mi mano y me llevó lejos del lugar. No me resistí y lloré cuando entramos en el auto y él condujo sin mirarme. Me sentí mal. Le había cortado el teléfono y ahora me llevaba de regreso a casa como una mascota rebelde que se había escapado sin permiso.

De pronto me miró y detuvo el auto al ver que lloraba.

—Alexia por favor, no hagas esto de nuevo. Me volví loco buscándote. ¿Qué es lo que quieres, mujer? Sabes que no puedes salir sin siquiera avisar. Estás casada con un hombre rico, podrían secuestrarte o hacerte algo peor si caes en manos de ese malnacido.

Sequé mis lágrimas y lo miré.

—Es que necesitaba salir, caminar. Ser como antes, una mujer normal y común. Sabes que no soporto estar encerrada ¿por qué no me dejas ir contigo a la empresa unas horas? —me quejé.

—Porque tú eres mi esposa y mi vida privada Alexia, detesto mezclar las cosas. Me gusta preservar lo más importante para mí, a ti. Mi familia, mi intimidad. Es por eso.

—Mientes. Te gusta encerrarme—lo acusé cabreada.

Él me miró sorprendido y furioso y arrancó el auto.

—¿Qué me gusta encerrarte? ¿Eso crees? ¿Por qué piensas que quiero dejarte encerrada? Sólo cuido de ti.

—Pero no soporto estar encerrada, tú lo sabes. Quería salir, caminar. Paso mucho sola aquí, mis amigas se han alejado y tú lo sabes, a veces llegas muy tarde a casa.

—Alexia por favor, ¿es que siempre pelearemos por esto? Puedes salir si quieres, por supuesto, yo no te dejo encerrada. Sólo avisa, nada más. Sólo deja que te lleven mis guardaespaldas. Nunca te he prohibido nada y no digas que me gusta encerrarte. Encerrarte sí, en una cama, conmigo. Eso sí me gusta. Sé que pasas tiempo sola y me gustaría estar más tiempo contigo.

—Siempre dices eso, pero no lo haces porque a último momento surge un imprevisto.

—Y es verdad y ahora que debo resolver qué hacer con la cadena hotelera de mi padre más. Pero pasará. Es sólo por un tiempo.

Habíamos llegado al departamento y fui a darme un baño para sacarme el cansancio

Pensé que él regresaría al trabajo, pero no lo hizo. Cuando salí del baño él había encendido el televisor y se aflojó la corbata. Pero cuando entré en la habitación me miró con fijeza y se me acercó y me abrazó y envolvió entre sus brazos para besarme. Respondí a sus besos y fuimos a encerrarnos a nuestra habitación. Ahora que mi prima no estaba el sexo era mucho más delicioso, porque lo hacíamos en casa. No era lo mismo en ese hotel, aunque confieso que había sido divertido.

Rápidamente me quitó la ropa para besarme y hacerme el amor rápido.

Temblé cuando me desnudó y sentí sus caricias y besos salvajes. Estaba enojado y podía sentirlo, y sin embargo sabía que me amaba con locura y se moría por hacerme suya. No pensaba en regresar a su empresa, ni que estaba enojado conmigo por haberme escapado sin avisar, sólo en hacerme el amor sin parar. Gemí al sentir que nos fundíamos en un abrazo apretado y entraba en mi como un demonio una y otra vez.

Y mientras me rozaba sin piedad en un momento se detuvo y me miró.

—Te amo Alexia, mi amor... eres un tesoro para mí, no quiero encerrarte, sólo cuidarte preciosa, porque eres lo más valioso para mí—me dijo.

Lloré de emoción cuando lo dijo, pero luego pensé que no quería vivir así, encerrada sin poder estar con él.

Ahora estaba todo bien porque estábamos juntos en la cama y él me hacía sentir su amor, pero sabía que luego vendría la soledad y la larga espera encerrada. No quería pensar en eso ahora, sólo en estar con él, en amarle así, siempre... porque en esos momentos era mi marido, mi hombre y nadie podría separarnos jamás. Y de pronto mientras lo hacíamos le dije:

—Si me amas, llévame contigo unas horas, por favor deja de trabaje para ti, que haga algo.

Él me miró muy serio y rodamos por la cama y de pronto sentí que estallaba de placer.

Pero cuando todo terminó y nos quedamos abrazados él dijo que no quería que trabajara.

—Tal vez puedas hacer algún curso si quieres o...

Lo miré crispada.

—¿Por qué diablos no quieres que trabaje contigo?

—Es que yo no estoy mucho en la oficina, entro y salgo, voy de un lugar a otro todo el día y paso horas encerrado en reuniones. No tengo un solo trabajo, controlo, superviso que todo vaya bien. Porque si me quedo horas en una oficina pierdo tiempo para las negociaciones y de reunirme con mis asistentes para controlar que todo vaya bien.

—Pero tal vez pueda...

—No, no quiero que estés allí, llamarías mucho la atención como la esposa del jefe. Todos saben que tengo una esposa hermosa, pero eres mía ¿entiendes? No quiero exhibirte ni que te miren como buitres, hay muchos empleados trabajando para mí y socios. Hay mucha gente y también están los espías de Marco.

—Por favor, no puedes vivir pensando que me pasará algo que Marco me hará algo porque jamás se ha acercado siquiera a mí.

—Pero puede hacerlo.

—Lo único que puede hacer es mostrar a todos esos videos de cuando era soltera y no lo hará porque ha de estar muy ocupado en asuntos más importantes.

—Pero te vigila, tiene fotos tuyas en su celular.

—Y se debe divertir solo mirando mis fotos.

Eso también molestaba mucho a mi marido que era un celoso consumado.

—Sientes celos de todo y de todos. No puedes ser tan celoso.

Él sonrió cuando dije eso y luego se puso serio.

—No son celos.

—Claro que sí. Sientes unos celos enfermizos por mí, quieres tenerme encerrada aquí porque temes que te abandone si me das libertad. En realidad, no confías en mí.

Tiziano me miró muy serio, sus ojos negros brillaban de rabia y algo más.

—No soy celoso—mintió—es que te amo con locura, hermosa. Es por eso. Y quiero preservar mi vida privada, mi esposa, mi familia, es por eso. No es que sienta tantos celos como tú crees. Me gusta preservar mi intimidad, mi vida familiar y mi tesoro que eres tú.

Me di por vencida. Por más que insistiera él no quería que fuera a su trabajo, para preservar su vida privada. Si esa era la razón la entendía. Además, no quería estar enojada con él, lo amaba tanto.

—Ten calma preciosa, sé que ahora te cuesta todo esto, quedarte aquí sola. Pero eso cambiará muy pronto. Nos mudaremos y luego, en unos meses viajaremos, lo prometo. Sé que he tenido días complicados, pero...eso cambiará, lo prometo. Todo cambiará. Sólo ten paciencia y sal si quieres, pero no sola, por favor. Sin siquiera avisar.

—Está bien, lo haré. Lo siento es que a veces es difícil para mí estar aquí sola. Me muero por estar contigo, te extraño mucho a veces no te veo en todo el día—lloré, no pude evitarlo—Y sólo fui a charlar con Betty porque mis amigas ningún podía a esa hora. Todas trabajan o estudian, creo que se han alejado de mí porque creen que he cambiado al casarme contigo. No es verdad, yo no he cambiado, pero ellas sí—dije.

Él me abrazó y secó mis lágrimas y acarició mis mejillas húmedas.

—Las mujeres son así, son bravas. En el trabajo tenemos algunos líos de peleas de mujeres. Son terribles y cuando tienen un cargo importante... pues ni veas las cosas que hacen. No todas, pero las que son bravas... son muy bravas. Te haría bien anotarte en algún curso y hacer nuevas amigas. Hay un centro social muy agradable en Milán donde van muchas de las esposas de los socios, hacen yoga meditación y también tareas manuales. Es un lugar con buena seguridad. Pero por favor, no pueden verte con Betty. Por más que se tiña el cabello... es Betty, una antigua ramera de Ravena. Te lo dije hace tiempo.

—Sí, lo sé, pero necesitaba charlar, es que me dejó mal la partida de Laura y estoy preocupada. Está enredada con un hombre adinerado y quiere tener sexo con él.

—Un hombre adinerado; ¿estás segura? ¿Y dónde lo conoció, cómo se llama? ¿Te lo dijo?

—Lorenzo Scarelli creo.

—Qué bien... No me suena de nada. ¿Estás segura que se llama así? ¿A qué se dedica?

—Tiene autos, es dueño de una concesionaria o algo así. Pero puedes averiguar quién es y preguntarle qué intenciones tiene con Laura.

Él rio cuando le dije eso.

—Eso no es estila, tesoro, pero si te preocupa investigaré quién es y lo que busca de Laura, pero intuyo que seguramente no ha de ser más que algún jefe de oficina con ínfulas de millonario. Espero que no haga líos amorosos en la empresa esa mujer. Tiene a varios peleando por ella. Imagino que uno de ellos será el Lorenzo que dijo.

—Pero no dijo que fuera del trabajo. Dijo que lo conoció en la cafetería donde trabajaba antes.

—Bueno, olvida a Laura, tu prima es más viva que todos nosotros. Supongo que terminará atrapando a ese infeliz, ya verás. No te preocupes por ella. Ven aquí, todavía no he terminado contigo, hermosa.

Sonreí. Tenía razón, debía dejar de preocuparme por Laura. ella era mucho más astuta de lo que creía. Y además era su vida.

IR AL CLUB ME HIZO sentir mejor. Tiziano tenía razón. Necesitaba ese espacio, hacer nuevas amigas porque las que tenía se habían alejado.

Me sentí muy bien, desde el comienzo, había un ambiente como de club, de spa, muy relajante y aunque me vi algo rara porque no conocí a nadie lentamente fui superándolo.

Dejé de sentirme tan encerrada. Y comencé a hacer nuevas amistades.

En esos días me reuní con Laura para charlar.

La noté muy animada y de pronto habló de su enamorado ricachón.

—Ya lo hicimos... varias veces y él, me ha pedido que me mude a su departamento—me confesó entonces.

La miré sorprendida.

—¿Lo hicieron?

Ella sonrió.

—Por favor, no pongas cara de tragedia, no hice nada malo. Fue maravilloso. Tenías razón. Me dolió bastante sí y en un momento te juro que sólo quería que acabara, pero luego.

—¿Laura, se cuidaron? —la interrumpí porque me sentí chocada de que me contara detalle por detalle todo lo que habían hecho.

Mi primita dijo que sí.

—Pero acabó dentro de mí—agregó luego—siempre lo hace porque le encanta y además... ahora tenemos sexo sin parar. Quiere que deje el trabajo y viva para él, como su mujer.

—Laura, no... ve más despacio por favor. Recién estas empezando una relación.

—Es que él está loco por mí. Quiere que sea su mujer, suya, dijo que me dará todo y no necesitaré trabajar.

—Laura, eso es como ser la mantenida de un hombre rico.

A mi primita no le gustó nada que dijera eso.

—Eso no es verdad. Además, es mi vida. Si quiero irme a su departamento nadie debe meterse en esto. Y tú no puedes decirme nada, eres la mantenida de tu marido rico.

La miré molesta.

—Es mi marido y lo amo y él me ama, no es lo mismo.

—Y Lorenzo también será mi marido, ya verás. Está loquito por mí.

Ese enfrentamiento enfrió un poco las confesiones, Laura quedó molesta y no volvió a mencionar el tema hasta que le dije que tuviera cuidado.

—Supongo que me deseas suerte en mi nueva aventura—me respondió.

—Sí, por supuesto. Laura, quería avisarte, voy a mudarme la semana entrante y...

Sentí un fuerte mareo entonces, tal vez era el calor del lugar, pero Laura se asustó y dijo que me puse muy pálida.

—Estoy bien. me pasa con frecuencia en la mañana y tengo náuseas también.

Ella me miró espantada.

—No te ves nada bien, ¿por qué no vas al médico, prima?

La miré desesperada.

—No estoy enferma boba, sólo estoy ... esperando un bebé.

Los ojos de Laura eran dos globos amarillos.

—Oh vaya... pasar el día en la cama trae consecuencias al parecer—sonrió con picardía.

—No pasamos el día en la cama.

—Pero cada vez que él llegaba del trabajo te miraba como un lobo hambriento. Creo que lo hacían a diario ustedes dos, allí tienes... te dejó un regalito. Ay espero que no me pase a mí, yo creo que me muero.

—No me dejó un regalito, estábamos buscando un bebé—repliqué molesta.

—¿Así? Vaya, entonces ¿por eso por qué no te veo contenta?

—Estoy contenta pero no me siento bien, es distinto.

—Eres muy joven para ser madre, tú sólo tienes tres años más que yo.

—Pero Tiziano quería un bebé, quiere tener muchos hijos. Tener una familia numerosa. Le encantan los niños.

—Ay está loco. Son muy jóvenes los dos. No saben lo que son ahora los niños. Unos demonios que te hacen la vida imposible. Créeme. Fui niñera de un jardín de infantes un tiempo, estuve tres meses soportando esa tortura. Cuidaba niños de edad intermedia. Eran insoportables, maleducados, gritaban y hacían toda clase de diabluras. Prepárate para soportar a un bebé llorando todo el día. Ay te compadezco. Pero ¿cuánto tiempo tienes?

—Es muy reciente, unas semanas creo. Dejé la inyección y creo que enseguida quedé embarazada.

—¿Y has ido al médico?

—No. Es que quiero esperar, por las dudas. No me he sentido muy bien, tengo dolores y...

—Ay espero que no seas como la tía Mariela que se lo pasaba en cama todos los embarazos porque si no los perdía.

—Espero que no.

—¿Y qué dice ese esposo semental que tienes? Ha de estar feliz.

—No lo sabe todavía.

—Pero debes decirle, por qué no se los has dicho.

—Es que estoy muy asustada por eso, no estoy preparada y...

—Y no querías quedar embarazada, pero él te convenció, claro. Es un hombre muy dominante además de feo. No sé qué le viste Alexia, tú eres tan bonita... bueno ojalá los niños salgan a ti.

—Oh cállate por favor, no digas esas cosas.

—Pero es verdad.

La miré furiosa.

—Pues no te burles de mí, podría pasarte lo mismo por hacerlo y cuando lo menos lo esperes ese millonario también te dejará un regalito por no cuidarse como debe.

—Ay calla, no seas mala. Yo nunca te desee eso. Pero ya ves, allí está. Felicitaciones. Tú estás casada y lo tienes bien atrapado, así que ponte feliz, a mí me falta bastante todavía para llegar a eso—sonrió.

—Sí, supongo que tienes razón. Pero al final ¿qué harás? ¿Dejarás ahora el trabajo y te mudarás con él?

—No a lo primero y sí a lo segundo. No voy a ser la mantenida de un millonario porque me divierte mucho mi trabajo y tengo a un par de jefes que se mojan cuando me ven. En verdad que nunca he calentado tantas braguetas juntas en toda mi vida como en ese trabajo—dijo y rio tentada.

La miré escandalizada y ella siguió riéndose.

—Tía Elisa siempre decía, es mejor tener algún repuesto por si te falla el principal y creo que uno de los socios de tu marido está tan loco por mí que en cualquier momento me invita a salir.

—Laura no, no hagas eso. Los socios de mi marido son todos unos mujeriegos, una vez me lo dijo.

—Sí, ya sé, pero ese me gusta, no es como los italianos de aquí parece australiano. Uno de esos rubios altos y grandotes. Bueno, así que se mudarán a una casa la semana próxima. Pero si estás embarazada deberías quedarte primero y hacerte exámenes. Y confirmar tu estado con un test. ¿Ya te lo hiciste?

—No.

Ella me miró con fijeza.

—Ay prima, tú no quieres estar embarazada me parece.

—No, no es eso.

—Ah ¿no? Pues yo creo que no quieres porque te asusta imagino, no estás preparada pero bueno, ya lo tienes en la barriga y crecerá quieras o no. Y bueno tú lo amas, estás loca por él y él te adora, el niño nacerá lleno de amor, no tienes nada de qué preocuparte. Es la naturaleza. Nacen niños todo el tiempo, aquí no... tenemos baja natalidad, pero no debes tener miedo al parto ni eso porque seguro tendrás lo mejor, la mejor clínica, el mejor doctor. Todo.

—Sí, lo sé, no es eso lo que me da miedo. Es que me siento rara y asustada.

—Tranquila. No tienes de qué preocuparte. Piensa en las mujeres que se quedan embarazadas y no tienen marido ni siquiera pareja, en las que no saben ni quién es el padre... esas sí que podrían estar asustadas. Tú no. Lo tienes todo, eres una reina.

Tenía razón y cuando finalmente regresaba al departamento decidí pasar por una farmacia y pedir un test de embarazo.

Tenía que saberlo, llevaba días sintiendo malestares en las mañanas y me quedaba horas hasta que cerca del mediodía me sentía mejor.

Luego iba al club y eso era relajante para mí.

Pero ahora tenía que saber si realmente estaba esperando un bebé.

Cuando tuve la espátula con el resultado, sentí que temblaba.

La prueba estaba allí y aguardaba impaciente el resultado pues empezaba a marcarse una raya en rojo y de pronto vi que se marcaba la segunda y sentí que mi corazón latía acelerado.

Estaba allí, había quedado embarazada enseguida.

Tiziano se pondría tan feliz. Debía decírselo.

Me sentí muy extraña entonces, lloré mientras sujetaba el test, lloré de la emoción. Un hijo...

Tenía que darle la noticia, decírselo.

Lo llamé al celular para avisarle a Tiziano, pero no me atendió, supuse que lo había apagado porque se encontraba en una reunión.

Ese día no fui al club porque luego de almorzar me dio sueño y me fui a dormir.

Pero horas después desperté con el timbre del departamento.

Era extraño que alguien fuera a verme, pero pensé que algo le había pasado a Laura y quería hablar conmigo. Fue lo primero que vino a mi mente.

Fue desconcertante abrir la puerta y ver a Giovanni, el hermano menor de Tiziano, pálido y agitado.

—Giovanni. ¿Qué haces aquí? ¿No estabas en Londres? ¿Te pasó algo?

Él se acercó y me miró muy serio.

—Disculpa que venga así Alexia, pero no atendías el celular y me puse nervioso.

—Es que me dormí. ¿Qué pasa? Estás asustándome. Tiziano. ¿Dónde está? —pregunté aturdida.

—Mi hermano sufrió un accidente de tránsito cuando salía hoy del trabajo. Pero tranquila, los médicos lo estabilizaron, no corre peligro y sólo se lastimó un brazo, pero lo dejarán en observación. Ten calma sí. Sé que estás nerviosa.

—¿Tiziano? Oh Dios mío. ¿Tuvo un accidente? No puede ser—sentí mi corazón latir acelerado y tuve que agarrarme de la pared para no caerme porque sufrí un mareo repentino y luché contra esa fea sensación durante unos segundos.

—Alexia. ¿Estás bien? Ten calma. Él está bien, habló conmigo y me pidió que te avisara. Fue sólo un susto. Todo estará bien.

Lo repetía sin cesar, todo estaría bien, no fue más que un choque, pero no fue grave. Yo lo miré y traté de controlar mis nervios y de pensar que había hablado, él estaba vivo. Sólo sufrió una conmoción y estaba internado por eso.

—Un imbécil se tiró sin respetar la señal, pero tranquila, mi hermano no corre peligro, tranquila. Sólo necesita estar bajo observación. Pidió que te avisara, está consciente, pero han tenido que sedarlo. Está preocupado por ti, no quiere que te quedes sola aquí, Alexia.

Sentí tanto terror en esos momentos mi esposo estaba internado por un accidente justo cuando iba a decirle que estaba esperando un bebé.

—Tengo que ir a verlo ahora, por favor—mi voz se quebró y lloré.

—Tranquila, no te pongas así. No fue grave él está bien, pero debe estar en observación. Pero no sufrió heridas cortantes como el otro imprudente. El otro sí llevó la peor parte, por imbécil.

—Tengo que verlo ahora.

—Sí, claro ven. Pero debes estar tranquila, te has puesto muy pálida.

Giovanni me llevó en su auto, pero yo tuve la sensación de que vivía una pesadilla, que pasara eso por culpa de un loco imprudente... la ciudad estaba llena de gente que manejaba sin control, en la noche era peor y también en las horas pico del día.

—Ten calma, todo saldrá bien. Tuvo suerte dentro de todo, pero necesita cuidados. Lo peor es el golpe en la cabeza, el médico dijo que por eso lo dejará internado unos días.

Traté de calmarme, estaba embarazada y si sufría una crisis de nervios en esos momentos podía perder a mi bebé, sin embargo, fue muy difícil para mí conservar la calma en esos momentos. Tuve la sensación de que mi cuñado me hablaba así para calmarme, pero los accidentes de tránsito no eran algo para tomarse a la ligera. Y pensar que mi amor estaba en una sala de hospital por la imprudencia de un imbécil me hacían sentir enferma.

Entramos en el hospital macedonio Melloni minutos después pero cuando llegamos a la sala una enfermera dijo que no Tiziano no podía recibir visitas porque lo acababan de sedar.

—Sólo quiero ver a mi esposo, por favor—le rogué.

Pero la enfermera de cabello rojo y uñas negras fue inflexible.

—Son órdenes de arriba señora, lo siento.

Giovanni intervino.

—Pero yo acabo de verle hace un momento y la señora Castelli es su esposa—dijo.

La enfermera nos miró a ambos y dijo que iría a preguntar.

—Está bien, aguarden aquí pero el doctor ha prohibido las visitas ahora.

No pude hacer nada más que esperar. Comencé a sentirme mal. Mareada y nerviosa.

Llegaron ejecutivos y socios amigos de mi marido, los conocía de vista por alguna fiesta a la que fui con Tiziano, esas fiestas de empresa que se celebraban a fin de año. Pero apenas intercambiamos saludos, yo me mantuve alejada. Me sentía muy angustiada en esos momentos. Y para peor la enfermera no aparecía para decirnos cuándo podía ver a mi marido y estuve horas allí parada, o sentada, sin poder hacer nada más que esperar.

Giovanni se dio cuenta de que me pasaba algo.

—Tal vez deberías descansar, has estado aquí horas y no tienes buen color—dijo.

Lo miré.

—Es que no puedo creer que no me dejen ver a mi marido—me quejé.

—Tranquila, todo estará bien. Pero escucha, hoy no regreses al departamento. Estarías sola y Tiziano me dijo que no quería eso.

Lo miré aturdida.

No quería pensar en eso, pero era evidente que debía hacerlo.

—Cerraré todo con llave, no te preocupes.

Giovanni se puso serio.

—Él me pidió que te cuidara, que te llevara a casa con mi esposa, pero no creo que quieras ir a Roma ahora.

—No, no quiero ir tan lejos. Descuida. Estaré bien. ¿Qué va a pasarme? Por favor, no soy una niña. Tengo un chofer y dos guardaespaldas pegados a la puerta.

Las horas se hicieron eternas y siempre daban el mismo informe. Sedado y estable. Pero algo pasaba porque noté que entraban varios médicos a verles y en un momento se lo llevaron para hacerle una tomografía.

Recién al anochecer pude entrar a verlo.

Tiziano acababa de despertar y tenía un brazo enyesado y la cabeza vendada, un ojo morado. Lloré al verlo así: entubado y con la mirada apagada. Sé que no debí hacerlo, pero no pude aguantarme, debía ser fuerte porque él necesitaba de todos nosotros ahora y sobre todo de mí.

Quiso hablar, pero no podía, parecía sedado pero su mirada lo decía todo y yo tomé su mano y le dije.

—Te pondrás bien... Eres muy fuerte. Además... hoy te llamé para darte una noticia. Estoy esperando un bebé. Un bebé.

Él me miró muy serio y se emocionó, se emocionó, pero no pudo decir nada. Supuse que estaba en shock, pero tomó mi mano y la besó y yo lloré de nuevo. Y él quiso decir algo, pero no podía y la enferma intervino.

—Señora, él no puede hablar porque todavía está en shock por el accidente, pero creo que entiende todo lo que dice. Es por el accidente. Su cerebro está afectado y se le harán más estudios.

Lo abracé y lloré y él me besó me besó y me miró con desesperación por no poder hablar, pero luego sentí que tocaba mi panza con ternura. Estaba feliz por la noticia, lo sabía, aunque no pudiera hablar, eso al menos me dio cierto consuelo.

Estuve a su lado hasta que se durmió y luego tuve que irme. Sentí que las piernas me pesaban. Estaba agotada.

Mi cuñado se acercó y me dijo que quería que me acompañara.

—No es necesario, gracias.

Cuando llegué al departamento, agotada llamé a mi madre para contarle lo que había pasado.

—Alexia... no puedo creerlo. Pero ¿tu marido está bien?

—No, no está bien, tiene una lesión cerebral y un brazo enyesado. Sólo abrió sus ojos una vez y me miró.

Le conté todo, el accidente y que Tiziano no podía hablar.

—Bueno, no te preocupes, debe ser por el shock. El susto. Ya se recuperará, es un hombre fuerte y está en un buen hospital. Uno de los mejores.

—Sí, eso dicen, pero... no es fácil.

—Querida... no te preocupes, mañana iré a verte y me quedaré contigo.

—Gracias... sí, eso iba a pedirte. Estoy sola aquí y no quiero depender de mis cuñados para nada. Además... estoy esperando un bebé.

—Oh Alexia... qué estupenda noticia. ¿Pero cuándo pasó?

—Es reciente mamá, tengo ocho semanas. Debo hacerme exámenes y no estoy muy de ánimo. No tengo ánimo para nada en realidad.

—Pero debes cuidarte.

—Sí, lo haré.

FUERON DÍAS DE MUCHA angustia y trataba de ser fuerte pero no fue sencillo.

Dormía en el departamento y a la mañana lo primero que hacía era ir al hospital.

Pero Tiziano estaba sedado y dormía casi todo el día.

Laura fue al hospital cuando se enteró y también se quedó algunos días a dormir en mi departamento. Fue un gran apoyo para mí, también lo fue mi madre que viajó enseguida con una maleta y dijo que se quedaría a cuidarme. Estaba embarazada y debía hacerme exámenes, descansar. Ella fue la primera en decírmelo. Y lo hizo una mañana cuando me aprontaba para ir al hospital.

Tiziano seguía igual. Sin poder hablar y durmiendo casi todo el día.

—Debes cuidarte, los primeros meses son los más bravos, Alexia. —me dijo.

—Sí, pero quiero estar ahí, mamá.

—Pero debes cuidar a ese bebé. ¿Te has hecho exámenes?

—No. Pero lo haré.

—Irás hoy al hospital de tu marido. Debes ver que tengas la presión, hacerte exámenes de sangre y ecografías.

—Luego.

Cuando llegamos al hospital ese día, fui acompañada por mi madre, Giovanni estaba en la sala de espera conversando con el médico.

Supe que algo malo pasaba cuando me acerqué, tuve un mal presentimiento.

Él se paró y me miró y se acercó.

—Alexia... están operando a mi hermano ahora. Tranquila ¿sí?

Sentí que nada podía ir peor.

—¿Una operación de urgencia, por qué?

—Es que sufrió una lesión por el accidente y el doctor le descubrió un coagulo por el golpe. La recuperación será lenta, pero es inevitable que lo operen. Pero tranquila, el doctor dijo que la operación no tendrá riesgos.

Traté de controlarme, pero llevaba días tensa y preocupada y sabía que una operación a la cabeza era delicada y por un instante temí perderlo para siempre y me desplomé.

Y al final terminé internada también, metida en una cama de hospital y cuando volví en sí me pinchaban para hacerme análisis mientras mi madre les decía a los doctores que estaba embarazada y no me había hecho estudios todavía.

Pero mi mayor ansiedad era saber cómo estaba Tiziano.

Mi madre me miró sorprendida.

—Ha despertado doctor—dijo y se acercó a mí—Tiziano está bien, Alexia, pero tú te desmayaste y te harán estudios.

—Pero iban a operarlo.

—Sí, ya lo operaron y todo salió bien. Debes cuidar a ese bebé también.

—¿Está bien?

—Tranquila. Todo salió bien.

—Debo verlo.

—No. Quédate donde estás Alexia. Deben hacerte más estudios. Tienes anemia, ¿sabes? Me lo figuraba. Te has puesto muy flaca. Y aunque dicen que es normal el doctor dijo que todo esto no es bueno para ti ahora. Preguntó si habías tenido muchos vómitos.

—Vómitos no he tenido, sólo náuseas y sueño.

—Es por la anemia. Te recetará hierro y que controles más la alimentación. Has adelgazado con todo esto.

—Mamá, debo ir a ver a Tiziano.

—Ahora no, luego irás. Cuando estén los resultados de los análisis. Debiste atenderte antes.

—Iba a hacerlo, pero...

—Pero lo harás ahora.

Me sentí mal de estar en esa cama, pero me dormí poco después, vivía con sueño. Mi madre dijo que era por la anemia.

—Debes descansar, esto ha sido muy estresante. Y lo bueno que estás cerca de tu marido, en otro piso, pero al menos en otro hospital.

Sentí ganas de llorar, pero me contuve.

—Mamá, ve a ver cómo está Tiziano—le dije.

Ella hizo un gesto de impaciencia.

—Está bien, iré.

Tuve la sensación de que tardaba mil años, no podía soportar esa ansiedad de tener a mi esposo internado, grave, sin poder estar con él, sin poder hacer nada.

Y cuando llegó la noté rara, como seria.

—¿Cómo está él, mamá?

—Está estable, eso dijeron. Alexia, ten calma. Es joven y el doctor dice que es un hombre sano, fuerte, sólo necesita estar aquí un tiempo más para recuperarse. Pero la operación fue un éxito.

Supe que mi madre me ocultaba algo que no quería decirme, pero no insistí, tenía sueño y me dormí otra vez.

DÍAS DESPUÉS SUPE QUE mi madre me había ocultado que Tiziano estaba grave y le habían inducido el coma para que pudiera recuperarse.

Saberlo me afectó y lloré, lloré y temí lo peor. Si algo le pasaba querría morir, no quería vivir sin él y pensaba si acaso él no había querido que tuviera un bebé para no dejarme sola... traté de no pensar en eso.

Tenía un bebé que cuidar y sabía que tenía que ser fuerte. Los exámenes dieron bien, excepto por la anemia, pero me recomendaron quietud por una semana porque comencé a tener dolores abdominales.

Tuve que volver al departamento y quedarme allí. Laura se quedó a cuidarme un día y se quedó a mi lado charlando.

—Todo saldrá bien, tu marido es fuerte. Y tú debes cuidar a ese pequeñito. ¿Ya lo has visto?

Asentí.

—Sí, fue emocionante estaba allí. Pura barriga. Ya tiene forma de bebé y sentí alegría y pena de que Tiziano no estuviera allí.

—Bueno él te lo hizo, ya cumplió su parte. Y seguro que en la próxima lo verá y será más grande.

Lloré cuando dijo eso.

—Ay lo lamento no quise decir ... tranquila ¿sí? Él se recuperará. Es fuerte y todo esto fue por ese accidente... al menos él está vivo.

La miré aturdida.

—¿Por qué dices eso?

Ella pareció ponerse incómoda.

—¿No te dijeron? El chico que conducía falleció, tenía veinte años. Al parecer tuvo un derrame cerebral y se murió el otro día. Su familia fue al hospital, me lo contó Giovanni.

—No me dijeron nada.

—Será para que no te impresiones.

—¿Has visto a Giovanni? —le pregunté sorprendida.

Laura se puso colorada.

—Sí, pero sólo hablamos de Tiziano. Alexia, no me mires así. Tengo novio. Se llama Lorenzo Scarelli. Y lo tengo comiendo de mi mano. Está loco por mí.

—Bueno, hace mucho que no lo mencionabas. ¿Te mudaste con él?

—Claro y tenemos sexo todos los días. Y está loco de celos de mi jefe. Hasta fue a la empresa a buscarme porque no soporta que trabaje en un lugar y miren mis piernas. Qué tonto es.

—Laura, ¿pero tú lo quieres o sólo estás con él porque es rico?

—Claro que lo quiero... y no me detendré hasta que me ponga un anillo en el dedo. Ya me ha hecho algunos regalos, mira...—dijo y buscó en su cartera negra muy fina.

De pronto sacó un reloj de oro pequeño.

—Debo ajustarlo, me queda grande—se quejó—y, además, me ha comprado ropa cara, carísima y quiere que trabaje para él, se muere por tenerme en su oficina, pero yo le dije que no. Todavía no...

Escuché distraída su charla, mis pensamientos estaban en ese hospital junto a mi esposo.

—Es que no quiero terminar ensartada en mitad de algo y que todos digan oh aquí viene la secreta que se clava su jefe...

Laura siguió hablando, pero dejé de escucharla. Me pregunté qué pensaría su madre de todo eso y se lo dije.

Ella me miró molesta.

—Claro que no sabe. ¿Quieres que ponga el grito en el cielo? Le daría un ataque. No, no sabrá hasta que la cosa sea más formal. Por supuesto.

Tuve la sensación de que ese hombre sólo la quería para la cama, pero no dije nada, era la vida de ella y no podía meterme.

Fueron días tan tristes.

Más porque no pude estar allí y debía esperar con ansiedad noticias del hospital.

Temía que Tiziano estuviera grave y me lo ocultaran. Y yo odiaba tener que quedarme en cama esos días, hacer quietud, pero debía hacerlo por el bien de nuestro bebé.

No dejaba de pensar en Tiziano y en ese joven que iba drogado y provocó el accidente. Pudo ser peor, pudo dejarlo paralítico pero lo que tenía era muy delicado. El cerebro era todo y ese bendito coagulo, lo habían operado, pero seguía allí. En coma. Con una leve mejoría, estable otros días y otros ni siquiera me decían.

Estuvo semanas así y de pronto noté que mi vientre comenzaba a crecer, a endurecerse lentamente. Y sin darme cuenta tuve que comprar ropa nueva porque mi panza creció y me hicieron otra ecografía para ver el crecimiento. Mi madre y Laura estuvieron allí presentes. Se veía con tanta nitidez.

Sus piernitas regordetas y la carita angulosa. La pancita. Un varón, era un varoncito y tuve el presentimiento que sería igual a su padre. Estaba allí, se movía sin parar y de pronto apareció de piernas abiertas para decirnos que era un varón.

Mi vida, mi pequeñito. La doctora dijo que todo estaba bien, que era un bebé grande y sano. Lloré de la emoción y de pena al pensar que me habría gustado que él estuviera allí.

—Alexia, ven, vamos a comer algo. no vayas ahora al hospital—me dijo de pronto mi prima.

—Pero debo verlo.

—Luego irás. Ven a comer a mi casa y conocerás a mi príncipe. Es sábado. Distráete un poco.

No quería ir, pero hacía días que lo pasaba encerrada en el hospital estresada y llorando así que fui.

Hacía días que Laura me invitaba a su departamento o a cenar para presentarme a su novio Lorenzo, pero yo me negaba, porque quería estar junto a mi marido, cerca de él. No iba a ningún lado, ni siquiera al club y en realidad no estaba de ánimo para nada.

—Vamos, ven. Almorzaremos y luego iremos a pasear un rato. Es un día hermoso de otoño, frío pero bueno... al menos hay sol y ya no llueve.

Tenía razón. parecía una buena ocasión. Pero no estaba muy de ánimo esos días, sin embargo, ver a mi hijo en la ecografía me dio fuerzas. Tenía a mi esposo en coma y los médicos no me daban esperanzas, al contrario, decían que debía estar preparada para lo peor y eso me hacía sentir enferma.

Fuimos a su departamento porque pensé que ella estaba muy ansiosa de que viera a su novio, era una especie de trofeo para ella.

Sentí algo de curiosidad al final.

—Sólo estaremos un rato, lo prometo. Ya le avisé de que llamara al restaurant. Jamás cocino por supuesto, algún sándwich y nada más—se jactó Laura.

Entramos al edificio diez minutos después y mientras subíamos al ascensor me atacó la ansiedad. Quería ver a Tiziano. ¿Por qué rayos me había dejado convencer?

—¿Te sientes bien? —preguntó Laura.

—Sí... pero no me quedaré mucho.

—Ay Alexia, relájate. Debes alejarte un poco. Estar todo el día en el hospital sólo aumenta tu ansiedad y te angustia y ahora debes pensar en tu varoncito. Ya verás, Tiziano estará feliz. Todos los hombres quieren tener varones. Son luego sus herederos como en la realeza—dijo mi prima.

Habíamos llegado, el piso doce. Interminable.

Era un edificio de locos y sentí cierta curiosidad por ver quién era su enamorado.

Pero mi atención se concentró en el lugar primero pues lo sentí raro, frío. Como el departamento de un soltero, un playboy. Impersonal. Con música de fondo y un par de vasos de whisky servidos.

—Ven, pasa Alexia—dijo mi prima y llamó a su novio casi a gritos—Lorenzo, ven aquí de una vez. Te haces desear.

Hablaba por celular y nada más verle sentí que mi corazón latía muy deprisa, me dije que no podía ser. No podía ser ese el novio de mi prima.

Sus fríos ojos azules me miraron mientras se acercaba a mí y yo retrocedí como si viera al demonio.

—Oh vaya. Qué pequeño es el mundo, Alexia Castelli. Qué placer encontrarte aquí. ¿Así que tú eres la querida prima de mi novia? —dijo y se acercó para abrazar a Laura y besó sus labios en un gesto de posesión y deseo.

—Esto no puede ser... Laura. ese hombre es...

Él se despegó de mi prima y me miró con una sonrisa burlona y triunfal.

—¿Qué, ustedes se conocen? —preguntó ella desconcertada.

Yo tuve ganas de correr y lo hice, tomé mi cartera y fui derecho a la puerta.

—No tan rápido querida cuñada. Quédate, tenemos que charlar tú y yo.

Miré a Laura sin poder creerlo.

—¿Tú tramaste esto a mis espaldas? No puedo creerlo.

Ella me miró sorprendida y algo desconcertada, pero a esa altura no sabía qué pensar.

—Él no es Lorenzo, es Marco Castelli, el hermano bastardo de mi marido, Laura. Y tú me trajiste aquí para presentarme a tu novio Lorenzo Scarelli. De haber sabido que tu novio era este demonio...

—Eh, aguarda por favor. Yo no hice nada. Él es Lorenzo, mi novio y no sé por qué dices que es hermano de Tiziano. Esto no tiene sentido.

Marco Castelli sonrió y puso cara de demonio.

—Bueno, no podía decirte mi verdadero nombre tesoro.

Ella se alejó de él aturdida y nos miró a ambos sin poder creerlo, pero sus ojos se detuvieron en el hermano bastardo de mi marido.

—Entonces mi prima dice la verdad, ¿tú eres Marco Castelli?

Él le dedicó una mirada rápida.

—Sí, lo soy. Te engañé pequeña porque quería que me trajeras a tu primita. Pero en realidad me gustó mucho hacerlo contigo y podemos seguir si quieres. Pero antes debo resolver una vieja deuda que tengo con la bella Alexia. Tenemos una historia, ¿verdad preciosa?

Traté de escapar. pero él fue rápido y me cerró el paso.

—Eh, tranquila, ¿tienes miedo de que le diga a tu prima tu secretito? Mi querida muñeca, aquí lo importante no es explicar quién soy yo, sino que todos sepan quién es en verdad la hermosa esposa del señor Tiziano Castelli D'Este.

—¿De qué hablas? ¿Qué secreto es ese? —preguntó la boba de Laura.

Él la miró con una sonrisa.

—Ah, no lo sabes, ¿verdad? Ignoras cómo tu hermosa prima conoció a mi hermano Tiziano hace casi un año, de qué forma logró atraparle en un tiempo en que planeaba vender su virginidad al mejor postor.

Laura me miró intrigada y yo tuve ganas de matar a ese tipo. Era un maldito buitre y de pronto comprendí que lo había planeado todo, quizá desde el principio. Debió acercarse a mi prima y seducirla, embaucarla y darle un nombre falso para acercarse a mí. Y ahora diría a todos mi secreto y me humillaría.

—No, no quieres que cuente la verdad. Ni que muestre ese video tan atrevido que filmaste en esa agencia de modelos de la señora Ravena—dijo mirándome fijamente y luego miró a Laura para decirle: —Tu primita tan seria, la señora Castelli tiene una historia oscura, ¿sabes?

Enfrentada a la peor calamidad, al terror de que mi prima supiera mi secreto supe que no podría vencer, porque ese malnacido abriría la bocota en cualquier momento. Además, ¿qué importaba? Mi esposo estaba grave, al borde de la muerte, ¿qué podía afectarme que contara que había estado a punto de vender mi virginidad?

—Tú no quieres que hable, por supuesto. Ni tu prima ni nadie tiene por qué enterarse del secreto de la señora Castelli. Todos la tienen en un pedestal y tu marido hasta inventó una historia de que habías sido su secretaria. Pero yo tengo pruebas, fotos y videos que te comprometen. Y sabes qué, hoy día hay teléfonos que son más rápidos que nada y puedo enviar esos videos ese tío Alberto D'Este y a Gio también. Creo que ignoran ese asunto de la subasta de vírgenes y que tú estabas allí ofreciendo tu virginidad al mejor postor.

Laura me miró atónita, no podía creerlo. Yo la perfecta esposa virgen de un millonario, ¿cómo pude ser capaz? Parecía preguntarse.

—Al diablo con eso ¿qué importa? Mi esposo está grave y lo único que quiero es estar a su lado. Haz lo que se antoje Marco con las fotos y videos que tienes de mí. Ve y publícalas, no voy a someterme a ningún chantaje.

Tal vez él no esperaba que le dijera eso, tanto tiempo había planeado eso que no podía creer que ahora le saliera el tiro por la culata por supuesto.

—Sí, eso lo dices porque te sientes muy segura de tu posición como la señora Castelli D'Este. Me pregunto si te sentirás tan bien cuando la familia materna de tu esposo vea estas fotografías.

—¿Y tú qué ganarás haciendo esto, Marco? ¿Te has puesto a pensar? Porque de mí no tendrás nada ni con amenazas ni con nada y cuando mi marido despierte te las tendrás que ver con él.

—¿Cuando tu marido despierte? No me hagas reír. Tiziano está más cerca de la tumba que de salir de ese coma. Lleva mucho tiempo así, ¿no? Demasiado.

Laura intervino en la disputa, había estado muy callada, pero perdió los estribos y se le acercó a Marco fuera de sí y le dio una bofetada.

—Maldito zorro mentiroso. Me embaucaste, hiciste todo esto para chantajear a mi prima. Eres tan tonto. Tú no conoces a Alexia. ¿Querías dormir con ella y me usaste a mí en tu juego?

Él atajó el segundo golpe y la miró con odio.

—Muñeca tonta, tú no eres más que una copia mal hecha de la original viéndolas juntas me doy cuenta. Sólo me gustabas porque te parecías y porque eras virgen, nada más. Pero con Alexia es distinto, y no espero perder la partida esta vez así que, por favor, vete y déjanos conversar a solas.

Laura no se movió.

—Pues no me iré, no le harás nada a mi prima. Eres un maldito cerdo Marco Castelli.

—¿Ah no te irás? Pues me obligarás a usar la fuerza muñeca tonta.

Un hombre apareció de repente, era robusto y parecía ser de seguridad. Se llevó a Laura pese a sus protestas y gritos. La llevó lejos del departamento y comprendí que estaba perdida. Pero no podía dejarme llevar por el pánico. Debía luchar contra el terror que ese hombre me inspiraba.

—Bueno, ahora está mejor. Podemos conversar a solas sin esa pequeña tonta. Sabes, siempre creí que llevarse a la cama a una virgen era una proeza, pero con ella fue lo más fácil del mundo. Enamorarla y enredarla mucho más. Pero también me aburrió. Soy un hombre que necesita desafíos, necesita retos y tener una mujer de verdad a su lado. Que lo enfrente y le diga que no a veces, como tú...

—Yo nunca estaría a tu lado, Marco. Y lo que le has hecho a mi prima fue despreciable.

—Lo fue sí, pero valió la pena porque te tengo aquí. Y ahora, sin presiones ni testigos podemos llegar a un acuerdo tú y yo.

—No, no haré ningún trato contigo y si me haces daño tendrás que responder a la justicia. ¿Es que no fui clara contigo que no me interesa hacer ningún acuerdo?

Mi respuesta no le afectó.

—¿Ni siquiera por tu amado Tiziano lo harías? —dijo de repente.

—¿De qué hablas?

Él se acercó y miró mis labios con deseo. Me deseaba, podía sentirlo, pero afortunadamente no quería forzar las cosas, sólo convencerme de que cediera y me entregara a él.

—Digo que tu amado esposo está en un hospital que tiene muy mala seguridad. Yo mismo he ido a visitarlo varias veces y estuve a solas con él con un amigo enfermero. Sería tan sencillo entrar y desconectar una de las máquinas. Moriría en pocos segundos. Porque lo mantienen vivo con esas máquinas supongo. Yo podría hacerlo si insistes en negarte a mí, Alexia. Es más, sabes que tengo el teléfono aquí del enfermero que te mencioné, él vino conmigo para conocer el centro hospitalario y ver cómo eran las máquinas que te mencioné. Si lo llamo ahora...

Cuando dijo eso sentí terror. Era tan malo que lo creí muy capaz de hacerlo.

—Vamos, sólo tienes que pasar conmigo aquí unas horas y hacerme feliz. ¿Qué es para ti unas horas de tu vida comparada con la felicidad de tener a tu esposo contigo?

—Tú no le harás nada a mi marido.

—Lo haré, él me declaró la guerra hace tiempo y yo me mantuve neutral, lo ignoré, pero ahora ha llegado demasiado lejos. Y no me importa ciertamente lo que le pase porque los médicos no son optimistas en cuanto a su mejoría. Tiene el cerebro muy dañado cielo, ¿no te lo dijeron? Y el coma es una especie de barrera, de escudo de defensa que emplea el cerebro para aislar el daño... pero cuando esa barrera se prolonga en el tiempo los daños a nivel físico se multiplican. Eso me dijeron cuando hablé con ellos.

—Tiziano vivirá es joven y es fuerte como un toro y tú... tú no eres más que un ser ruin y despreciable. Y si esperas que ceda a tu chantaje y duerma contigo pierdes el tiempo.

Mis palabras lo enfurecieron, lo vi en sus ojos. Y pensé que había sido demasiado audaz al hablarle así porque estaba sola con ese hombre, sola y a merced de él en esos momentos.

Me alejé asustada y corrí, corrí hasta la puerta y traté de abrirla. Pero él me atrapó y forcejeamos, me resistí, pero no pude hacer nada porque era fuerte como un oso.

—Calma muñeca, no grites, no te alteres, relájate y disfruta... tal vez te haría bien estar con un verdadero hombre, preciosa, y así comparar. Ven aquí, creo que necesitas un poco de tiempo y privacidad.

No pude hacer nada, me llevó hasta una habitación y allí volvió a cerrar la puerta con llave.

Miré aterrada a mi alrededor y vi que había una cama blanca con dosel y temblé.

—Ahora conversaremos con más calma. —dijo—Tal vez te ayude a decidirte luego de que veas una película. Siéntate.

Obedecí acorralada porque vi que encendía una de los televisores inmensos de la habitación y aparecía yo con poca ropa posando para una cámara. Esa fue una de las filmaciones que me obligó a hacer Ravena como parte del contrato.

—Mira qué tierna eras. Ravena me lo envió luego de filmarlo para enloquecerme porque sabía que me gustarías. Conocía bien me gustos. Rubias bonitas y vírgenes.

Lo miré molesta. Ese video no era nada para preocuparme.

—Esto es parte del pasado, no puedes vivir con estas fantasías por favor. Soy la esposa de tu hermano ahora, aunque no te guste.

—Un hermano que me odia, quiero aclararlo por si no lo sabes y que se metió contigo para fastidiarme.

—Pero son hijos del mismo padre y tienen negocios en común, deberían tratar de superar esto en vez de seguir con esta guerra. ¿Acaso crees que vale la pena que te enemistes aún más metiéndote conmigo?

—Es que tú y yo tenemos un asunto pendiente, muñeca, un asunto del que no me olvido, lo sabes. Y te quiero dar una oportunidad para que limpies tu nombre y hagas que este video se destruya. No sólo este video en que te ofreces por un millón, sino por este...

Me puse verde cuando vi una filmación en la que estaba saliendo de la ducha con una toalla. Desnuda. Completamente.

—Esto fue filmado por alguien—dije—Este video fue sacado del departamento sin mi consentimiento y no es legal.

—Oh, no es legal... ¿Y quién va a creerlo? Te mueves con mucha gracia y coquetería.

—¿Cómo demonios lo tuviste?

Él me miró con una sonrisa como si disfrutara mi confusión y rabia.

—Es un secreto, cariño.

—¿Un secreto? ¿Acaso esa perra de Ravena...?

—No, no fue Ravena sino tu vieja amiga Betty. Le pagaron muy bien por ese video. Más que por meterte en esa agencia de venta de mujeres, me parece. Mi amigo Randall Warthon estaba loco por ella, la perseguía como un imbécil porque decía que tenía la vagina de una virgen a pesar de ser una consumada ramera. Le encantaba hacerlo con ella y todavía la busca... parece que se escapó y nadie ha sabido nada de ella.

—¿Betty? No puede ser. Ella no haría eso. Tendría que estar en el baño y ...

—Ay muñeca, puso una camarita en el baño, un viejo truco. Trabajaba para Ravena y yo le pedí para verte desnuda. Iba a pagar mucho dinero por ti y quería ver la mercancía que iba a comprar con detalle.

Me sentí enferma con todo eso y lloré. No podía creer que mi vieja amiga me hiciera eso. Poner cámaras en el departamento.

—Ay no te pongas así, muñeca. ¿Decepcionada? Por favor. Betty era una ramera sólo quería dinero, tú nunca le importaste nada... le importabas sí, el dinero que tendría por ti. Y yo le pagué bien por las fotos y esta filmación. Quería ver cómo eras. No me juzgues. ¿No miras tú bien lo que deseas comprar? Bueno, pero vayamos a otra cuestión. Me pregunto qué pensará tu marido y su remilgada familia D'Este cuando yo suba este video a la web. No les hará ninguna gracia.

—Eres un ser despreciable, Marco y ahora entiendo por qué Tiziano te odia tanto. Pero no creas que vas a intimidarme. Sólo me da alivio pensar que fui capaz de poner fin a esa locura y que jamás caí en tus manos como mi pobre prima.

—No caíste entonces pero todavía estás a tiempo y no seas tan pesimista, caer en mis manos podría ser una experiencia fascinante para ti. Si tan solo me dieras una oportunidad...

Me levanté de la silla furiosa.

—No te daré ninguna oportunidad Marco Castelli, jamás. Y no vas a convencerme de lo contrario con estos estúpidos videos caseros de mala calidad.

Él miró muy atento.

—Oh, qué impulsiva eres, mi bella Alexia. Regresa aquí. Sospecho que no has pensado con claridad. Mira mi teléfono, tengo todos los videos listos para ser reenviados a los teléfonos de la familia D' Este y a los Castelli también, a tu cuñado Gio... y tengo una lista de personas muy interesadas en comprar este video para difundirlo en sus páginas de cine para adultos. No esperabas que dejara escapar una oportunidad como esta ¿no es así?

—Y tú me entregarías esos videos si paso la noche contigo.

Él me miró con fijeza y sonrió levemente.

—Preciosa, una noche es muy poco para mi silencio. Quiero algo más y si quieres... dejamos lo del sexo para más adelante si me haces un favor. Para que veas que soy todo un caballero.

Sentí que mi corazón palpitaba acelerado.

—Sí, verás. Es que necesito unos documentos que tiene tu marido guardados que son de una empresa que me dejó mi padre. Sé dónde están. Sólo tienes que tomarlos y entregarlos. Te diré que la carpeta dice Lorenzo Castelli y es azul, gruesa. Si haces, si me entregas lo que te digo te dejaré en paz... hasta podríamos olvidar nuestra aventura sexual a menos que lo prefieras. Tú elijes, preciosa.

—Quieres que traicione a mi esposo de una manera u otra. Robando documentación para ti o acostándome contigo.

—Pero qué dramática eres. Traicionar... Es sólo un trato. Yo tengo estos videos que te comprometen y para eso puedo pedir algo más. Porque al parecer tú no vas a darme el placer que sueño... confieso que olvidaría todo si me dieras esa noche de sexo y me dejaras hacerte mía varias veces. No tiene por qué ser ahora, pero... bueno, tú decides cuándo. Te daré un tiempo para que lo pienses y me digas qué has decidido. Si me dices que no a todo no me dejarás más opción que enseñar tus videos. Pero si me entregas los documentos que quiero... pasaré por alto lo otro, lo prometo. Para que veas que no soy tan desalmado cómo crees.

—¿Y qué documentos son esos y por qué los quieres?

Él sonrió y se quedó mirándome.

—Bueno, si quieres dármelos te diré dónde están. Luego te diré para qué los quiero.

Sabía que no los querría para nada bueno.

—¿Y qué tiempo tengo para decidir esto, Marco? Porque al parecer me tienes en tus manos.

—Vaya, qué lindo suena eso. En mis manos… Bueno te daré unos días, cinco días para que lo pienses cielo. Creo que es razonable el plazo. En tanto no dirás nada de lo que pasó aquí, ni de que yo era el novio fantasma de tu prima. Nadie debe saber que estoy detrás de todo. No sería conveniente.

Tragué saliva y lo miré.

—Está bien no diré nada, pero déjame ir ahora.

—No tan rápido preciosa… antes de irte quiero que me dejes una prenda. una prenda como símbolo de este pacto de amistad.

—¿Pacto de amistad?

—Sí… debo tener alguna garantía de que cumplirás con tu parte, de una forma u otra.

Cuando se me acercó temblé, pero fue tan rápido que no me dio tiempo a hacer nada más que mirarle aterrada.

Él se detuvo justo frente a mí y en un arrebato me agarró y me dio un beso. Quise apartarlo, me dio tanta rabia que hiciera eso.

Y no me soltó, siguió besándome un momento y luego me miró.

—Qué dulce eres pequeña… y casi nuevita. Imagino lo dulce que sería hacerte el amor y llenarte de besos.

Era un maldito, y pensé en decírselo, pero estaba asustada. Ahora no podía insultarle ni burlarme de él. Tenía esos videos míos y si no hacía lo que decía los subiría al primer portal porno que encontrara. Videos caseros de una esposa tonta. Algo así.

—Si me dieras una noche… nadie lo sabría. Tienes mi palabra. Y no tendrías que hacer nada, sólo dejar que yo lo haga todo. vaya… me excita de sólo pensarlo. Tú tienes algo que me enciende… supongo que porque eres rubia y muy dulce…

—Estás loco si crees que voy a dormir contigo—le dije.

—Bueno, ya sé que no sería fácil para ti... pero ¿qué crees que es peor? Cuando tu marido vea ese video en el que sales desnuda del baño se sentirá muy defraudado. Imagina la vergüenza que sentirá de ver a su princesa rubia paseándose desnuda como una ramera. Todos te verán. Piensa en eso... y también que sólo será una noche. ¿Qué es una noche comparada con todo lo que tienes ahora muñeca? La bella Cenicienta del cuento, pero una Cenicienta oscura llena de secretos y mentiras... Y cuando tus secretos salgan a la luz tendrás que irte porque nadie querrá estar cerca de ti... nadie excepto yo, porque tienes algo pendiente conmigo, una vieja deuda que espero cobrar muy pronto.

Sus palabras eran tan horribles. No debía creerle por supuesto ni pensar que Tiziano me dejaría luego de ver esos videos. Betty. Maldita Betty. ¿Cómo pudo ser capaz? Y Laura... enredarse con ese rufián.

—Ahora ven... te llevaré de regreso a tu departamento cariño. Se hace tarde y tu madre estará preocupada por ti.

Lo miré espantada y mareada, sabía que mi madre estaba en mi departamento y que había considerado a Betty mi amiga. Pero tenía mucho más que unas fotos atrevidas y un video, tenías las pruebas para arruinarme, para dejarme como una maldita golfa frente a todos.

Entré en su auto y él condujo, como si nada.

—Eres un demonio Marco... un demonio que ha estado acechándome ¿no es así? Todo este tiempo... estabas cerca de mí, espiándome, controlándome como si tuvieras algún derecho a hacerlo.

Él me miró muy serio.

—Lo hice para fastidiar un poco a Tiziano, sabía cuánto lo enfurecía descubrir que había estado cerca de ti. Pero tú nunca me viste, muñeca... ¿Cómo sabías que era yo?

—Es que sentía que alguien me seguía, que había algo malo cerca de mí. Una sombra en mi felicidad. Eras tú.

Él me miró y estacionó en una calle cercana a mi edificio.

—Sí, era yo... me gustaba estar cerca de ti, mirarte. Tú debías ser mía muñeca y ahora eres la esposa de mi hermano. Me siento estafado y mal por todo esto. Soy el bastardo odiado de la historia y mi hermano mayor se dio el gusto de robarse a mi mujer. Para él debió tener un placer especial hacerlo, saber que disfrutaba de lo que debió ser mío en un principio. Porque tú estabas en venta y yo ya te había comprado. No digas ahora que habías cambiado de parecer, porque el trato lo firmé con Ravena antes de nuestra cita, tengo una copia de ese documento. Luego apareció Tiziano y te raptó, te llevó a su mansión de campo.

—Y es qué importa? Yo nunca estuve en venta. En todo caso era mi primera vez, no yo. Ravena te estafó.

—Sí, eso también lo sé, jugó a dos puntas como dice el refrán—suspiró— Pero no temas, si haces lo que te pedí pronto te verás libre de mí para ser la esposa perfecta de mi hermano. Te doy mi palabra.

No le creí por supuesto.

Y cuando regresé al departamento estaba temblando y me sentía mal. Muy mal.

Por suerte para mí, mi madre no estaba y me dejó una nota de que había ido de compras.

Me dejé caer en el sillón y lloré. Lloré porque ese maldito secreto era la sombra de mi felicidad y nunca antes pensé que ese hombre fuera capaz, que hiciera eso para chantajearme.

¿Qué diablos iba a hacer ahora? Tenía dos videos y fotos. Me veía como una cualquiera y me convertiría en eso muy pronto.

Di vueltas sin saber qué hacer y nerviosa llamé a Betty, pero luego corté. ¿Qué sentido tenía hablar con ella y recriminarle? La odiaba por lo que me había hecho y yo que la creí mi amiga. Además, era tarde para lamentarme.

Y mientras daba vueltas en el departamento fui a darme un baño y a comer algo. Tenía un bebé en quién pensar. Diablos. No podía derrumbarme ahora. Necesitaba tranquilizarme y actuar con calma. Buscar una salida, porque debía haber una salida.

De pronto sonó mi celular y temblé. Era Laura. Vaya. ¿Cómo tenía el descaro de llamarme? No la atendí por supuesto. Que se fuera al demonio esa maldita traidora.

Me sentí mejor cuando encendí el equipo de audio y me metí en la cama.

Llamé al hospital para saber cómo estaba Tiziano pues no me sentí con fuerzas para ir.

Allí me dijeron que estaba estable.

Era todo cuanto necesitaba saber, pero una voz interior me dijo que nada sería igual y que ese demonio haría que Tiziano se sintiera desilusionado de mí para vengarse de que un día su hermano le había robado a su mujer según él.

LAURA FUE A VERME AL día siguiente. Se veía mal, con los ojos hinchados. No sabía si recibirla o no porque su presencia en esos momentos me resultó muy perturbadora para mí. Supuse que había ido a decirme que lo sentía mucho y todo eso. ¿O la había enviado Marco? ¿Cómo diablos saberlo?

—Ayer te llamé, pero no me atendiste—dijo.

La miré muy seria.

—¿Y qué esperabas, que te hablara como si nada?

Noté que apretaba los labios y me miraba visiblemente nerviosa.

—¿Estás bien, él te hizo algo ayer? Sabes no pude dormir de la angustia por todo lo que pasó. Por favor, perdóname Alexia.

La miré con fijeza.

—Bueno, no me hizo nada, tranquila... sólo me mostró las fotos y videos que tiene de mí y me amenazó con subirlos a un portal.

—Alexia... Escucha. Yo no sabía nada, te lo juro. Por favor, tienes que creerme. No sabía que era Marco Castelli. Él me engañó, dijo que se llamaba Lorenzo Scarelli.

Nos miramos y yo fui por un vaso de yogurt de vainilla. Debía alimentarme por el bebé, aunque no tuviera hambre en esos momentos.

—¿Has desayunado? ¿Quieres algo? —le pregunté mientras devolvía el frasco de yogurt a la heladera.

Ella negó con un gesto.

—Ya no importa en realidad, de todas formas, el daño ya está hecho Laura. y lo peor es que ese desgraciado me tiene en sus manos. Me atrapó. Y seguramente lo planeó todo desde el principio.

Laura me miró sorprendida.

—¿Por qué lo dices? ¿Qué son esos videos que tiene de ti?

—Un video en el que estoy desnuda saliendo de la ducha. Otro en el cual pretendía vender mi virginidad y fotos de cuando andaba en eso. ¿Qué crees? Si esos videos salen en los portales, en las revistas estaré perdida. Y sé que ese malnacido usará eso para destruirme y lo hará sin vacilar si no hago lo que me pide, Laura.

—Pero ¿cómo llegaron esos videos a sus manos?

—Ya lo sabes, un día quise vender mi virginidad y entré en lo que se llamaba una subasta. Ravena, la mujer que tenía los contactos dijo que me pagarían más de un millón, que sólo había que esperar una oferta que fuera interesante y yo acepté... buscando un atajo como muchas, para tener mucho dinero sin tener que trabajar toda una vida supongo. Fui una imbécil.

—Bueno, yo también lo creí, pensé que podría hacerlo. Pero...Tiziano no lo sabe ¿y por eso estás tan angustiada?

—Sí lo sabe, lo conocí cuando escapaba de Marco. Porque me asusté y cambié de idea y ...

Le conté toda la verdad a mi prima, no sabía por qué supongo que necesitaba desahogarme en esos momentos.

—¿Y qué te ha pedido a cambio de destruir esos videos, prima? —quiso saber.

—Pues me dio a elegir entre dormir con él o ayudarle a encontrar unos documentos guardados en el departamento que son muy valiosos pues pertenecen a Lorenzo Castelli, su padre.

—Alexia... pero tú no puedes ceder a su chantaje. No lo hagas. Es lo que él quiere. Y ya sabes cómo son los chantajistas, comienzan pidiendo cosas, pero nunca terminan, siempre quieren más. Y él te quiere a ti.

La forma en que lo dijo me hizo comprender que sentía rabia y dolor al pensar que su novio me rondaba.

—Él no me quiere a mí, Laura, sólo quiere vengarse de Tiziano porque se odian y esto nunca va a terminar. Lo presiento. Marco Castelli sabe que no haré nada de esto y no me dejará en paz. Y seguramente destruya mi reputación, me dejará como una ramera y Tiziano se avergonzará de mí. Él siempre supo que estaba en esa agencia, pero jamás soportará que su familia lo sepa, que publiquen ese material en las redes. ¿Lo imaginas? Con lo celoso que es, ver un video mío en la web sin ropa para que cualquier maldito lo vea.

—No lo hará, te obligará a que hagas lo que él quiera. Si usa esa arma ya no podrá usarla. Dudo mucho que suba los videos. Sé que es difícil para ti, que te debes sentir desesperada, pero si cedes una vez cederás siempre. Marco es un demonio, Alexia, me usó como si fuera una muñeca, una cosa inanimada y él me contó algunas cosas... lo conozco. Es insensible y no le importa nada más que vengarse de Tiziano. Ahora entiendo que Tiziano era el hermano que lo odiaba, pero nunca me dijo su nombre y él no se parece nada a tu marido, ¿cómo iba a imaginar que era su hermano bastardo Marco Castelli?

—Laura, al diablo ¿qué importa eso? Ya está hecho. Trata de olvidar que estuviste con él. No dejes que te manipule de nuevo con sus fines perversos porque tal vez vuelva a acercarse a ti.

—Ya no puede hacerlo. Ahora lo odio y siento asco de todo esto. Yo me iré Alexia, regresaré a casa, no puedo quedarme aquí...ese hombre me ha arruinado, me ha destrozado por dentro. Ya no tengo ganas de nada. Sólo quiero largarme y olvidar todo esto, pero me da pena hacerlo y dejarte así. Has sido como una hermana para mí en todo este tiempo, pero siento que te fallé y nunca va a ser lo mismo.

—No digas eso... es que estoy mal por lo que pasó, pero sé que no fue tu culpa. También tengo ganas de irme lejos. De desaparecer en estos momentos, pero no puedo, no podría dejar aquí a mi esposo.

—Alexia, por favor, tienes que ser fuerte. No te dejes manipular por ese loco. Es lo que quiere. Lo que él dice no es tan malo. Porque peor sería dormir con Marco Castelli. Porque eso sí que tu marido no te lo perdonaría.

—Sí, ya lo sé... jamás lo engañaría.

—Es lo que ese demonio busca. Tentarte. Acorralarte. Que no veas otra salida que caer en sus brazos. Es un maldito sabes... me hizo sentir tantas cosas, pensé que era especial para él...—dijo y lloró.

La miré y nos abrazamos, resultó algo extraño que fuera yo quien la consolara. Traté de entender que fue seducida por el demonio, pero no podía quitarme de la cabeza que tal vez todavía tenía poder sobre Laura. Algo se había roto, algo se rompió el día anterior cuando supe que mi prima era la novia de ese sujeto. Creo que me costaba entender que ella no sospechara nada y hasta temía que fuera su espía.

Por eso sentí alivio cuando se marchó media hora después. Se fue mal y me dije que realmente se había enamorado de ese sujeto.

No me afectó eso, ya no me importaba la suerte de Laura, estaba cansada de que me traicionaran personas cercanas a mí a quienes tenía afecto. Primero Betty, luego Laura... Mi prima y a quien sentí como una amiga.

Fui a ver a Tiziano. Se me hacía tarde.

Lo que pasó me había afectado mucho, más de lo que creí y nada más salir a la calle ese día rumbo al hospital volví a sentirme observada, vigilada. Pero en esos momentos no quería pensar en nada, estaba junto a mi esposo y él estaba vivo. En coma, pero vivo... llevaba casi seis semanas así.

Entré corriendo a la sala y lo vi dormido, como siempre, pero tenía algo diferente. Había algo distinto en su rostro dormido y sereno... ¿O acaso lo imaginé?

—Tiziano, mi amor, aquí estoy—le dije—Vine a verte y quiero decirte que te amo y espero con ansiedad el momento en que despiertes. Te amo.

Tomé su mano y la besé. Sabía que podía escucharme, aunque no pudiera responderme, además me sentía más cerca de él así.

Giovanni entró entonces y me miró.

Mi voz pareció mover algo en él, sus labios, sus ojos.

—Háblale, no te detengas—dijo Giovanni—Él parece escucharte.

Había entrado en la habitación sin hacer ruido y parecía pendiente. Tal vez esperaba que mi voz lo despertara.

Sequé mis lágrimas y le hablé. Tenía que despertarle, debía hacerlo, porque cuánto más tiempo pasara en ese estado el daño en su cerebro sería mayor y tardaría mucho más en recuperarse. El doctor me lo había advertido hacía días. Cada vez que hablaba con el doctor D'Alessio tenía la esperanza de que me diera una buena noticia, que me diera esperanzas, pero él se mantenía neutral, no decía mucho. Sólo insistía en que le hablara y pasara mucho tiempo con mi marido porque él sabía que estaba allí. Todos sus familiares, sus afectos. Él podía oírnos, aunque no pudiera responder. No necesitaba pedírmelo, pero siempre me decía lo mismo.

Pero ahora sabía que había hablado, me había llamado...

—Mi amor... tendremos un bebé. Un varón y quiero ponerle como a ti—le dije y lloré, no pude contenerme—. Por favor, despierta, tienes que despertar, tu bebé te necesita y yo también. Tiziano. Te amo—le dije.

Y como si escuchara mis palabras de pronto vi que Tiziano hablaba. Decía algo.

—¿Alexia? —dijo—Alexia, ¿eres tú? ¿Estás aquí? —hablaba dormido y su expresión era extraña, parecía estar soñando.

Y de pronto abrió sus ojos y se incorporó y me miró muy serio.

—Alexia... Alexia—gritó.

Me reconoció, sabía quién era yo y yo me acerqué y lo abracé emocionada, lloré tanto entonces. No lo podía creer, era un milagro. Había despertado.

—Alexia. ¿Dónde estabas? ¿Qué es este lugar? Hace tanto que sueño contigo... estaba llamándote y... Pero ¿qué hago aquí, ¿qué pasó? —quiso saber.

Hablaba con fluidez, pero noté que estaba mal, parecía aturdido, angustiado. Imaginé que no debía ser fácil para él.

—Estoy aquí Tiziano, siempre he estado aquí contigo. Pero no te angusties. Tuviste un accidente de auto hace semanas. Pero has despertado al fin, y te pondrás bien.

Entonces notó que estaba embarazada y me miró sorprendido.

—Pero tú ... estás esperando un bebé. Entonces no era un sueño... era verdad.

Sonreí.

—Sí, te lo dije el primer día que ingresaste aquí, ¿no lo recuerdas?

—No... pero soñé contigo y te vi embarazada. Es maravilloso.

—Iba a darte la noticia el día del accidente amor—lloré emocionada.

Giovanni se acercó y Tiziano lo miró.

—Al fin has despertado bella durmiente. Nos tenías a todos mal, con los huevos por el piso. Ahora trata de recuperarte pronto que hay mucho trabajo atrasado—le dijo.

Tiziano sonrió.

—Gio, vete al diablo. ¿Crees que quiero volver al trabajo ahora? —dijo y me abrazó y tocó mi panza. Ya empezaba a tomar forma.

—¿Ya sabes qué es?

—Es un varón, y quiero que se llame como tú... —lloré emocionada, no pude evitarlo, me parecía mentira que hubiera despertado y estuviera tan lúcido, como si hubiera despertado de un largo sueño.

Una enfermera interrumpió nuestra conversación, imaginé que querían hacerle exámenes para saber si estaba bien. Yo sentí alegría y miedo de que volviera a caer en coma. No quería dejarlo y estuve presente mientras el neurólogo le hacía preguntas.

Al parecer estaba bien pero no podían darle el alta por supuesto, lo dejarían unos días más en observación. Tenían que hacerle nuevos análisis.

Cuando nos quedamos a solas de nuevo él tomó mi mano y la besó.

—El embarazo te sienta bien, te ves tan hermosa... ¿pero ha estado todo bien? —dijo emocionado.

Asentí.

—Sí... sólo tuve que hacer quietud al comienzo porque tenía contracciones. Pero ahora estoy bien, el bebé es muy grande y se mueve mucho. Te lo dije el día del accidente y tú no podías hablar, me mirabas y sonreías, pero no podías decir palabra.

Él me miró aturdido.

—No recuerdo eso, pero sabía que estabas esperando un bebé, te veía aquí cerca hablándome y un día noté que tenías panza. Tampoco recuerdo nada del accidente.

Le conté lo que había pasado y él se puso serio y se tocó la cabeza que tenía vendada.

—¡Qué extraño! Todo el tiempo he vivido en sueños. He soñado cosas y estaba en el trabajo, estaba contigo, pero... no era real. Todo era tan extraño. ¿Cuánto hace que estoy aquí?

—Dos meses, mi amor. Pero has despertado. Estabas en coma. Luego de la operación algo pasó y tú no volvías en sí. No sabían cuando... pero ahora estás bien y deberás seguir algún tratamiento supongo, adaptarte de nuevo. ¿Cómo te sientes?

—Estoy bien, algo cansado, siento las piernas y los brazos... no puedo moverme bien.

—Es que has estado acostado todo este tiempo. Tendrás que hacer algo de fisioterapia supongo, pero ten paciencia. Lo importante ahora es que has despertado mi amor, volviste. Tuve tanto miedo...

Él me besó y luego tocó mi panza que ya tenía forma y también la besó.

—Yo vi al bebé, vi que era un varón, pero pensaba que no podía ser, pero soñé que lo tenía en brazos y era un varón—me dijo y de pronto noté que se quedaba serio y miraba a Giovanni.

—Te pedí que cuidaras de mi esposa, Gio, ¿lo hiciste?

Mi cuñado nos miró a ambos.

—Sí, lo hice, pero Alexia quiso quedarse en el departamento con su madre y su prima Laura. Ellas la cuidaron, pero...

—Debió mudarse contigo... ese demonio pudo hacerle daño—Tiziano le dirigió una mirada torva.

—Eso no pasó, cálmate por favor, acabas de despertar. Todo ha estado bien—me apresuré a decirle.

Era tan maravilloso que despertara que ahora de repente las amenazas de ese infeliz me parecieron una tontería. No permitiría que arruinara mi felicidad, no lo dejaría.

El neurólogo, el doctor D'Alessio un hombre corpulento y con cara de pocos amigos entró seguido de la enfermera.

—Vaya, se lo ve muy bien para haber estado en coma, pero no se entusiasme. Debo hacerle análisis antes de que pueda marcharse.

—¿Análisis ahora? Déjeme en paz. Quiero estar con mi esposa, doctor. ¿Cuándo tendré el alta?

El doctor sonrió.

—Pero usted tiene mucha prisa hombre, primero debo ver que evolucione bien. No querrá sufrir otra recaída, señor Castelli. En realidad, es extraordinario que pueda agarrar así a su bella esposa y hablar con tanta claridad. Pensé que cuando despertara pasaría días enteros junto a los fisiatras y fonoaudiólogos para que pudiera recuperar el habla. Usted es un milagro señor Castelli, pero para estar seguro de ello es necesario hacerle estudios y ver cómo está su cerebro. Además... sentirá todo su cuerpo pesado y torpe. No podrá caminar hasta dentro de unas semanas. Sus piernas, sus brazos ha perdido fuerza y masa muscular por el coma.

Mi marido lo miró furioso nada contento de pensar que debía hacerse más exámenes, pero yo traté de calmarle.

—Tiziano, ten calma, sólo serán estudios. Yo te acompañaré, estaré allí—le dije.

Él besó mi mano y me sonrió. Pero se mantuvo inflexible.

—Luego doctor, imagino que podrá dejarme un tiempo a solas con mi mujer y mis familiares y amigos—dijo Tiziano muy firme.

Entonces noté que la habitación se había llenado de visitas y no lejos de allí estaban sus amigos Paolo y Ricardo, sus primos y hasta uno de sus socios, todos aparecieron de la nada. No estaban allí hace un momento y me sentí molesta de que entraran y hablaran con Tiziano, no quería compartir ese momento tan especial con nadie. Porque ninguno de ellos fue más que un par de veces al hospital las primeras semanas y tal vez alguien les avisó, pero en pocos minutos llenaron la sala ese día, yendo de un lado a otro, haciendo bromas, riendo y hasta uno de ellos tuvo el descaro de prender un cigarro. Así estuvieron por más de media hora.

Tuvo que entrar una enfermera con un doctor pelado que los miró a todo como si fueran elefantes en medio de un bazar y les dijo sin ningún reparo que despejaran la habitación pues tenía que hacerle preguntas al enfermo.

Sentí tanta rabia, pero luego me calmé, Tiziano había despertado, había vuelto del coma y sus ojos buscaron los míos.

—No te vayas, hermosa—dijo sujetando mi mano y luego mirando al doctor le dijo: —Quiero que mi esposa se quede.

El médico me miró con expresión torva, pero dijo que sí, que podía quedarme. Ciertamente que no quería estar ni un minuto lejos de él.

El médico le hizo preguntas, examinó sus pupilas y luego sus reflejos. Lo más extraordinario era que, aunque había adelgazado bastante sus podía mover sus piernas y sus brazos no habían perdido su fuerza.

Y hablaba sin dificultad.

—Es un milagro, señor Castelli—dijo de pronto el médico—El coma no parece haber debilitado el área motriz de su cuerpo, pero claro que debemos hacer estudios para estar seguros—insistió.

—Luego me haré estudios, Doctor. Acabo de regresar de la tumba. Déjeme estar con mi esposa.

El médico se rindió.

—Está bien, vendremos más tarde.

Tiziano lo miró con gesto torvo y de pronto dijo que no le gustaba ese doctor ni el otro.

—Son como cuervos, creo que esperaban que muriera como los otros.

Cuando dijo eso me quedé mirándole sorprendida.

—¿Por qué dices eso, amor? Son buenos médicos, los mejores.

—Yo los oí preciosa, estaba en coma, pero podía oír sus conversaciones... dijeron que ese niño rico reventó su Ferrari por ir drogado. Y no sé por qué hablaban del Ferrari, conducía mi Ford deportivo ese día. También dijeron que había muerto y me lo tenía merecido por imbécil. Oí sus voces.

—Tiziano mi amor, no hablaban de ti... sino del otro joven que te chocó. Él conducía un Ferrari y murió porque no llevaba cinturón.

Mi marido me miró aturdido.

—¿Falleció?

—Sí, era hijo de un millonario, de uno de los dueños de la cadena de restaurantes no recuerdo le nombre, pero tampoco es de aquí sino de Nápoles.

Tiziano se quedó callado tal vez procesando todo lo que le había dicho.

—De todas formas, no es muy amable decir que ese niño rico tuvo su merecido, ¿no lo crees? Ellos están aquí para curar y tratar de salvar vidas no porque sean jueces. ¿Quiénes se creen que son?

—Pero cuidaron de ti, amor y ahora has despertado. Pronto regresarás a casa, estoy segura. Y te salvaron, cuidaron de ti.

—Sólo cumplieron con su trabajo y bien caro que habrán cobrado por sus cuidados. Pero no me quedaré aquí más de lo necesario.

Estuvimos charlando durante horas ese día, pero de pronto él dijo:

—Te ves cansada, ángel.

—Estoy bien, mi amor, mejor que nunca.

—Pero debes cuidarte, has pasado demasiado y ahora tienes un bebé en quién pensar. Te ves algo pálida.

—Estoy bien, feliz... has despertado al fin. Quiero quedarme contigo.

—No puedes cielo, debes descansar. Ya estoy bien, el médico lo dijo. Pero tú has estado días aquí y hoy temo que no te dejé ni sentarte.

—Sí, lo sé, pero...

—Ya es tarde y sólo has comido ese sándwich que te trajo mi hermano. Debes cuidarte preciosa... ya se nota... ¿qué tiempo tienes?

—Catorce semanas. Me hice la ecografía el otro día y pude verlo. Es un varón.

—Un varón mi amor, te ves distinta, tienes una luz en tus ojos...

Sonreí y me emocioné y él me besó. Fue un momento tan especial.

No fue sencillo separarnos horas después, me moría por estar con él, por llevarlo a casa, pero sabía que lo dejarían unos días más para cerciorarse de que todo estuviera bien.

De pronto noté que lloraba cuando nos despedíamos. No quería separarse de mí ni yo de él.

—Alexia, te amo... todo este tiempo te vi en mis sueños, hablaba contigo, estaba a tu lado. Pero sentía que no... que había algo que no estaba bien. Me sentía un maldito fantasma.

Cuando dijo eso sentí un estremecimiento muy fuerte pues comprendí su dolor y desesperación de estar en coma, como en el limbo sin poder hablar, sin poder despertar y lo abracé y lloré, lloré con él.

Pero él me miró muy serio.

—No llores preciosa, le hará mal al bebé. Por favor... todo estará bien ahora, regresé y siempre quise hacerlo, quería despertar, pero no podía. Había algo oscuro que no me dejaba volver, pero también vi una luz a mi lado. Supongo que debió ser un arcángel.

Pero su doctor entró en esos momentos.

—Señor Castelli, debe descansar.

Él lo miró como si fuera un molesto insecto.

—Ya he dormido por semanas doctor, estoy harto —replicó—¿cuándo me dará el alta?

El doctor sonrió.

—En unos días. Si todo va bien. Ahora debe evitar sufrir estrés.

—¿Estrés dice usted? Este lugar es estresante para mí. Ya no quiero estar aquí, no lo necesito. Quiero volver con mi esposa, está embarazada y me necesita.

—Y pronto podrá volver con su mujer, se lo aseguro. No se preocupe por eso.

—¿Cuándo?

—La ansiedad no es buena. Ahora deberá hacer fisioterapia, recuperar la movilidad lentamente. No querrá regresar a su casa como un inválido, señor Castelli. Querrá caminar y poder valerse por sí mismo. Si todo marcha bien en dos semanas o menos le daremos el alta.

Tiziano se mordió el labio y noté que se tensaba la mandíbula.

—Es mucho tiempo, doctor D'Alessio, me iré antes.

Me despedí de Tiziano con un beso y prometí ir a verle al día siguiente. A primera hora.

Giovanni entró entonces y le dio su teléfono celular para que pudiera llamarnos.

—Aquí lo tienes, llama si necesitas algo.

Tiziano tomó su teléfono IPhone y de pronto miró hacia la puerta.

—¿Por qué hay policías aquí dando vueltas, Gio? —le preguntó.

No era tonto, comprendió que algo pasaba.

—Es por tu seguridad—le respondió.

—El bastardo intentó quitarme del medio para robarse a mi mujer, imagino.

—No es tan imbécil.

Entonces Tiziano recordó algo y preguntó por las pruebas de ADN.

Giovanni se puso serio.

—Dieron negativas. No es nuestro hermano, tenías razón. Engañaron a nuestro padre.

Tiziano se alegró al saber eso, pero su hermano le dijo:

—Pero el problema es que nuestro padre le dio su apellido, lo reconoció como su hijo y también le dejó legados de su herencia. Eso no puede deshacerse ahora. Será un proceso largo y complicado según el doctor Gelsi.

—No importa, tendrá que devolver hasta el último euro ese impostor. No tiene derecho a llevar nuestro nombre ese desgraciado.

—Sí, pero legalmente es hijo de nuestro padre. No sé si podremos hacer que cambie su nombre y devuelva el legado que recibió.

Pensé que era una buena noticia, sí y no... estaría más furioso que antes.

Me despedí de Tiziano con pesar, quería quedarme, pero eran más de las diez y estaba exhausta, además él también debía descansar.

Cuando llegaba al departamento tuve una llamada extraña al celular. Atendí porque pensé que era Laura pues el número era parecido.

—Hola Alexia. Te ves muy feliz ¿verdad? Tu marido Lázaro ha despertado, ha regresado de la tumba. Vaya. Es un milagro.

Era Marco, no podía creerlo. Qué maldito. Miré por la ventanilla del auto, pero todo estaba oscuro a mi alrededor.

—¿Por qué me llamas Marco?

—Bueno, tenemos un trato tú y yo. Espero que lo tengas presente porque ahora sí que querrás que destruya esos videos. Ahora te afectaría mucho más. Pensé que no viviría tanto y no esperaba que despertara tan rápido.

—Marco, tú ni siquiera eres hijo de Castelli. ¿Qué quieres? Todo ha terminado para ti.

—Eso es falso, ¿quién te lo dijo?

—Mi cuñado Gio hace un momento. Conversaba con Tiziano y le decía que el examen de ADN dio negativo.

—Pero la herencia es mía de todas formas porque fui reconocido sin examen de ADN. Todo seguirá igual.

—¿Eso crees? Pues yo pienso que no todo será como antes. Porque los socios y la familia Castelli dejará de verte como uno de los suyos. Ya no podrás usar su apellido sino el de tu verdadero padre. Vaya uno a saber quién fue.

—Oh, pero qué atrevida te has puesto, muñeca. Despierta tu marido del coma y te sientes fuerte. Pero ten cuidado, veremos qué pasa con los tortolitos cuando tus videos privados sean públicos. A Tiziano no le gustará cuando aparezcas sin ropa en todos los portales de cine porno de la web.

No lo escuché, no tenía por qué soportar a ese rufián. Tiziano había despertado, estaba bien y el médico estaba asombrado de su mejoría. Nada más debía preocuparme.

Cuando llegué al departamento mi madre me esperaba ansiosa de saber las noticias pues le había avisado por teléfono que Tiziano había despertado.

Le avisé sólo a ella. Ni a mi prima ni a mis amigas. Ya no tenía amigas a esa altura, hacía mucho que no había llamadas ni reuniones.

Pero supongo que era mi culpa. Era una boba, ¿es que nunca escarmentaría? Tiziano me dijo una vez que Laura era mentirosa y que mi amiga Betty era una ramera y tenía la mente de una ramera. Sólo le importaba el dinero. Pues ahora comprendía que tenía razón. Y Laura... ¿cómo sabía si me decía la verdad o estaba espiando para su novio millonario y se hacía la gata ofendida?

Dijo que se iría al campo, que regresaría a su casa y sin embargo a mi madre le dijo que se quedaría en el departamento que mi marido le había alquilado por dos años. Qué rostro tenía. Si tuviera un poco de vergüenza... pero claro, debía fingir que estaba peleada con Marco Castelli.

Era tiempo de alejarme de la gente falsa que me rodeaba. Y yo que había acudido a Betty para charlar, y me había alegrado tanto de verla y saber que había dejado esa vida de esclavitud. Qué ilusa fui. Seguramente se fue corriendo a contarle a Marco, su antiguo cliente para decirle todo lo que habíamos hablado. Y vendió mi video en la ducha esa desgraciada, lo hizo y ni siquiera fue capaz de decirme. Para qué por supuesto. Si yo no era más que una mercancía para vender para ella.

Y Randall era amigo de Marco Castelli, él me lo había dicho. Buscaba a Betty porque estaba obsesionado. Y ella tenía en su vientre al hijo de ese bastardo, pero estaba segura que él no lo sabía... todavía la buscaba.

La voz de mi madre me despertó de mis reflexiones y la miré inquieta, sin saber de qué hablaba.

—Alexia... qué alegría. Al fin ha despertado. Entonces... ¿crees que le den el alta pronto a tu marido? —preguntó.

—Sí mamá. Él está ansioso por marcharse de allí y sentí tanta pena de tener que irme.

Pero mi mente no estaba en lo feliz que estaba, me sentía aturdida y molesta por todo. Por la llamada de Marco Castelli y furiosa con Betty y conmigo por haber confiado en ella. Algo tenía que hacer. No podía dejar que se saliera con la suya y viviera feliz en Londres después de todo el daño que me había hecho.

—Bueno, ¿qué quieres comer Alexia? —insistió mi madre.

—Una sopa, algo sencillo, mamá.

Mi madre fue a la cocina a pelar verduras, muy contenta.

Mientras ella tarareaba una canción y encendía la televisión yo busqué en mi portátil a ese baboso de Randall. Randall... ¿cómo diablos era su apellido? Marco lo había mencionado... era con W...

Betty también lo había mencionado más de una vez cuando vivíamos juntas. Siempre se quejaba de que era insaciable y que le daba asco porque la tenía horas en la cama.

De pronto recordé. Randall Warthon. Inglés. Familia aristocrática y pervertida seguramente.

Lo busqué de inmediato en Facebook. Hoy día la gente ya no estaba en esa red social, sólo algunos adolescentes o amas de casa aburridas colgaban fotos y videos online para llamar la atención y sentirse populares, llenos de amigos... ¿Quién caía en eso ahora? ¡Por Dios!

Randall no estaba en Facebook. ¿Para qué si tenía una vida muy divertida con sus rameras y amigos tan pervertidos como él? A menos que quisiera alardear de sus conquistas subiendo fotos atrevidas que luego serían censuradas seguramente... no. La gente adulta ya no estaba allí. Y si quería llamar la atención con fotos usaría Instagram.

Tampoco estaba allí. No con su nombre real...

Googlee su nombre para ver los resultados ¡y rayos! Allí estaba, porque el famoso Randall Warthon, tenía una empresa que organizaba eventos ejecutivos y un servicio de Catering muy codiciado al parecer. La empresa tenía su sede central en Londres, pero en Milán habían inaugurado una casa de eventos. Su foto estaba en todas partes, de trajes, con alguna mujer bajita y exuberante...

Allí estaba él depravado que quiso violarme el año pasado cuando vivía con Betty. Era él.

Imaginé que si Betty se escondía era porque él la buscaba. No la había olvidado. Betty había sido su obsesión, su amor...

Y allí estaba, tenía el número telefónico y la dirección de su empresa. ¡Qué pequeño era el mundo!

Entonces pensé en Tiziano y lloré. Había despertado. Había vuelto en sí y me había extrañado, lloró cuando me fui. ¿Qué estaba haciendo pensando en venganzas? Mi esposo había salido del coma y era lo único que debía importarme.

Apagué el portátil, pero luego guardé cuidadosamente el número en mi celular.

AL DÍA SIGUIENTE CORRÍ al hospital a ver a Tiziano.

Lo encontré muy animado, rodeado de sus socios charlando mientras firmaba unos documentos. Eso parecía una reunión de trabajo. Rayos, no podía creerlo. No lo dejaban ni recuperarse.

Pero sus ojos se iluminaron cuando me vio. Estaba sentado, rodeado de almohadones y sus ojos se veían con más brillo y él también tenía más color. Como si nada hubiera pasado.

—Hola ángel... estaba contando las horas para que llegaras—dijo.

Sonreí y nos besamos y eso hizo que los socios molestos se fueran y nos dejaran a solas.

Pasamos el día juntos y los doctores llegaron a media tarde para ver sus progresos.

—¿Cuánto tiempo me tendrán aquí? —preguntó impaciente.

Era el segundo día consciente y ya quería largarse.

—Bueno, usted ha tenido una recuperación asombrosa, pero hay que estar atentos y además necesita la fisioterapia. Es fundamental para que pueda moverse solo. No querrá depender de enfermeros todo el día para poder caminar y realizar las tareas diarias.

El médico dio en el clavo al decir eso, porque yo sabía que mi marido odiaba depender y que no soportaría no poder caminar ni asearse solo.

La recuperación era un proceso y debía cumplirlo, le gustara o no.

—Ten paciencia amor, lo principal es que lograste salir del coma—le dije.

—Sí ya sé, pero odio estar aquí, quiero estar contigo en el departamento, regresar a casa. No me gusta que te quedes sola en el departamento. Ese bastardo puede querer hacer algo ahora que tendrá que devolver la herencia que se robó.

—Pero está acabado. Si intenta hacerme algo iría preso. No creo que se arriesgue—dije y traté de disimular porque la mención de ese tipo me ponía nerviosa. Todavía no le había contado nada a Tiziano ni quería hacerlo.

—Acabado sí pero no muerto del todo. Por desgracia. Y no devolverá nada porque el muy perro vendió parte de las acciones cuando se enteró del resultado del análisis.

Tomé su mano y la besé.

—Mi amor por favor no te alteres. Debes estar tranquilo. No puedes pensar en gentuza como esa. Ni tampoco... no sé por qué te obligaron a firmar esos documentos tus socios. Recién te recuperas y quieren que tomes decisiones y vienen aquí a hablarte de trabajo.

Él sonrió.

—Estoy bien... y cuanto antes retome mis actividades mejor. Hay mucho trabajo pendiente, firmas, acuerdos...

—No hablarás en serio. Tiziano... sufriste una fuerte conmoción.

—Sí, lo sé, pero ya estoy bien. Es necesario que resuelva ciertas cosas. Mi cerebro necesita actividad, no sólo fisioterapia.

—Necesitas tranquilidad y nada de estrés ni de presiones.

—Funciono estupendo con las presiones, ángel. Pero ahora sólo cuento los días para volver contigo al departamento y hacerte el amor—me dijo y me envolvió entre sus brazos.

Ese día las visitas no dejaron de llegar. Primos, tíos, amigos, socios. Yo estaba deseando que se fueran para poder estar a solas con mi marido, pero no tuve suerte. Y así fueron los días siguientes.

—Estoy molesto—me dijo un día Tiziano. —Ese doctor me odia... es un maldito sádico—dijo.

—¿Te refieres al doctor D'Alessio, tu neurólogo? Sabes que es el mejor doctor.

—Sí, será una eminencia como dicen, pero para mí es un sádico. Lento. Quiere que me quede aquí dos semanas. No lo soportaré. Tú estás sola y embarazada en ese departamento y el tonto de Gio que no te cuidó. Debías quedarte con él.

—Tranquilo, no te enojes. Él quiso que fuera a su hotel, pero no me gustó nada la idea. Vivir en un hotel... apenas puedo estar unos días cuando nos vamos de viaje. Son los lugares más incómodos del mundo.

—Pero el nuestro es muy seguro, Alexia. Quisiera que te quedaras aquí conmigo, pero es un hospital y no estarías cómoda.

—Puedo quedarme unos días si quieres. ¿Crees que me dejarían?

Tiziano tenía una habitación privada pero sólo había una cama.

—Mi médico no quiere porque dice que querré hacerte el amor y todavía no puedo. No me deja. Lo ves. Es un sádico. Y cree que sólo pienso en el sexo.

Sonreí.

—Te conoce... bueno espera unos días y luego le pides si pueden poner una cama en la habitación para que quedarme aquí y acompañarte. Sabes que me encantaría estar aquí contigo y cuidarte. Te extraño tanto Tiziano, pero...—lloré, no pude contenerme, tantas semanas de dolor y angustia...

Ese día sentí mucha pena cuando me fui, cada vez era peor separarme de él temía que luego... que algo malo nos separara, que pasara algo y no pudiera volver a verle.

También sabía que el tiempo corría. Que una semana o dos no sería nada porque Tiziano estaba empezando a dar unos pasos solo, pero se mareaba, le costaba mantenerse en pie. No era sencillo. Su cuerpo estuvo en una cama de hospital, en coma. Inmóvil. Y aunque sus músculos estaban bien, sufría mareos cuando trataba de levantarse en las mañanas para hacer fisioterapia y al comienzo la fisioterapia la hizo acostado.

Su neurólogo me advirtió el día anterior que podía sufrir una recaída, pérdidas de memoria, mareos y dolores de cabeza. Que era necesario ir con calma.

—Su marido está muy ansioso por regresar con usted señora, y lo entiendo. Pero es mejor que se quede unos días más para que pueda recuperarse y valerse por sí mismo. Ya se lo he dicho, pero no quiere escucharme.

Recordé las palabras del doctor y pensé que también yo estaba ansiosa porque Tiziano volviera a casa, lo echaba tanto de menos y con gusto lo habría cuidado, pero estaba embarazada y él también necesitaba recuperarse bien.

Estaba asustada diablos, lo estaba. El tiempo que me había dado ese demonio se agotaba y sabía que me llamaría o aparecería cuando menos lo esperara y eso me angustiaba.

Pero a su vez no quería que Tiziano se enterara, que supiera que ese desgraciado había estado amenazándome. Sabía que eso lo enfurecería y en su estado sería muy perjudicial.

Cuando entré en el departamento, media hora después temblé porque lo encontré tan silencioso y vacío.

—Mamá...—llamé.

No tuve respuesta.

—Mami... ya llegué—insistí.

De nuevo el silencio, el silencio de un departamento vacío, sin nadie. Porque hasta la señora de la limpieza se había retirado antes de tiempo y había dejado todo en orden y perfumado.

Odiaba llegar y que no hubiera nadie. Me hizo sentir tanta angustia que nerviosa tomé mi teléfono y llamé a mi mamá. La llamé como si fuera una niña chica.

El teléfono celular de mi madre sonó y sonó, pero no tuve respuesta.

Empecé a preocuparme y recorrí el departamento, nerviosa buscando alguna nota que me dijera por qué no estaba allí preparando la cena.

Y entonces vi un papel sobre la mesa del comedor.

"Alexia iré al cine con mi amiga Bianca, regresaré antes de las diez. Te dejé pronta la cena en la nevera".

Había ido al cine... un día helado como ese. Y me había dejado sola.

Traté de controlarme. Debía hacerlo. No era el fin del mundo. Sólo se había ido al cine. Y yo no era una niña, tenía veintidós años ¡diablos!

Fui a buscar la cena. Debía comer y descansar. Meterme en la cama, encender la calefacción y olvidarme.

Tenía a los guardaespaldas apostados en mi puerta, rodeando el edificio también había guardias de seguridad y dos porteros. Nada podía pasarme...

Entonces pensé en Randall.

Había conseguido su teléfono. Fue tan sencillo ir por su oficina y decir que necesitaba hablar con él porque era su vieja amiga. Claro, ese mujeriego debía tener docenas de mujeres y eso debió pensar su asistente cuando me dio su tarjeta.

El tiempo apremiaba y un plan descabellado rondaba mi cabeza esos días y me moría por ponerlo en la práctica.

Betty y Randall, y Marco Castelli. Eran como el triángulo del diablo. Las tres puntas nefastas que amenazaban mi felicidad. Marco conoció a Betty por Randall, y Betty me vendió a Marco Castelli. Randall era amigo de Marco... malditos granujas.

Sabía que era una locura, pero debía correr el riesgo porque mi tiempo se agotaba. Debía tener esos videos y destruirlos para siempre. Tiziano dijo que lo había hecho, que no quedaban copias ni tampoco vestigio de esa nefasta agencia de modelos. Pero nadie esperaba que mi amiga Betty me filmara desnuda y le vendiera el video a Marco Castelli. Ese video jamás debía llegar a ninguna web, mi esposo estaba convaleciente, se disgustaría, y sería una vergüenza que eso pasara. Su familia pensaría lo peor de mí y no era verdad...

Cené mientras ponía en orden mis pensamientos. Debía actuar con frialdad. Debía al menos intentarlo...

Mi celular sonó entonces. Era Laura. vaya. Ni que supiera que estaba sola.

Dudé en atenderla. Estaba harta de la gente falsa y cínica. Pero bueno, había oído del refrán de labios del tío de Tiziano: "Ten a tu amigo cerca y a tu enemigo más cerca".

—Hola Laura. ¿Cómo estás? —dije.

—No muy bien. pero ¿tú cómo estás, prima? Me enteré que Tiziano despertó.

—Estoy bien, feliz... Tiziano despertó y está recuperándose muy rápido.

Sentí su voz rara, apagada.

—¿Puedo subir para charlar? Estoy cerca y no me siento nada bien hoy.

Dudé en aceptar, pero demonios, también me sentía sola y angustiada en esos momentos y habría charlado con el mismo diablo de haber ido a verme.

—¿Estás sola? —le pregunté, no pude evitarlo.

—Por supuesto, Alexia. ¿Qué crees?

No me fiaba de eso y cuando tocó timbre poco después miré por el ojo de la puerta para ver si realmente estaba sola.

Descubrí que no había mentido, mi prima había ido sin compañía y se veía como un pollito mojado, el cabello lacio pegado, el maquillaje corrido y parecía tan desdichada.

—Pasa Laura... ¿has comido algo? —le pregunté alarmada.

—Una hamburguesa en la cafetería—me respondió.

—Bueno, mi mamá hizo sopa, si quieres puedo servirte.

Ella sonrió y declinó con un mohín, odiaba la sopa. Lo sabía y ni estando con el ánimo por el piso la tomaría.

—Tu madre es tan buena, lástima que la mía no sea igual—se quejó mientras se dejaba caer en un sofá del comedor.

—Laura, no puedes vivir codiciando todo, tu madre no es una mala mujer. Vivió para ti y te adora. Es algo pesada, como muchas madres lo son, pero... es tu mamá y debes quererla porque las hay peores, te lo aseguro.

—Sí, claro... ¿tienes una lata de cerveza? —dijo.

—Supongo que sí, todavía quedan las que tú comprabas a diario. Ve y sírvete lo que quieras. Hoy estoy cansada y no quiero moverme.

—Sí, por supuesto.

Laura se arrastró hasta la nevera y tomó una cerveza mientras yo encendía el aire acondicionado y luego la televisión.

—Me alegra saber que tu esposo ha vuelto del coma, es un buen hombre Alexia... no creas que no valoro lo que hizo por mí. Sé que fue por ti, porque te ama, pero bueno, me ayudó mucho y no quiero que piense que le he pagado mal por lo de Marco...—dijo entonces mi prima.

La miré.

—Mi marido no sabe nada, Laura. Y es mejor así.

—Claro, entiendo... ¿Y qué vas a hacer, Alexia? ¿Marco te ha buscado? —me preguntó con ansiedad.

Me dispuse a tomar la sopa y la miré.

—Sólo me llamó una vez para recordarme que tenemos "un trato" pero en realidad no puede hacer nada porque si me hace daño Tiziano lo matará. Dudo que realmente insista, sabes. Ahora que el examen de ADN dio negativo...

Ella me miró con fijeza sin ocultar su sorpresa.

—¿El examen de ADN? No entiendo. ¿Qué examen de ADN?

Le hablé de la prueba de paternidad que presentó Tiziano y sus hermanos para objetar el testamento de su padre pues sospechaban desde hacía años que Marco no era su hijo.

—¿Entonces no es hijo de Lorenzo Castelli?

—No. No lo es, Laura.

¿Qué buscaba mi prima ahora, por qué me hacía tantas preguntas?

—Marco debe estar furioso—comentó.

—Sí, por supuesto. Pero ya está. Perdió la partida y tendrá que devolver la herencia porque no es un heredero ilegítimo. Pero, ¿y tú qué harás ahora Laura? Creí que regresarías a tu casa.

Ella puso los ojos en blanco.

—No puedo hacer eso. Me deprimo de sólo pensar en mi madre reprendiéndome por haberme ido y regresar con lo puesto y sin un marido.

—Laura, por favor, tienes diecinueve años.

—Pero tú te casaste a los veintiuno.

—Oh claro entonces si no te casas a los veinte serás una solterona. Ella rio.

—Lo siento mucho Alexia... me siento tan mal, tan culpable que... creo que él me está siguiendo y tengo miedo.

—¿Marco te sigue? Pero eso es una buena noticia.

—¿Una buena noticia? ¿Por qué dices eso? —mi prima me miró escandalizada.

—Quiere volver contigo, Laura. Tú eras su virgen y él se cree tu dueño.

—¿Estás loca o qué? ¿Qué pasa contigo?

—Porque así es como piensa ese hombre, le llamaban el dragón porque sólo devoraba vírgenes. O eso me dijo Betty una vez, hace tiempo.

—Pues no me hace gracia que me digas eso.

—Te quiere a ti y si eres astuta aprovecharás eso. Pero no esperes un novio tierno ni enamorado. Sólo un dragón que reclamará a su virgen como suya. Le encantan vírgenes y rubias, me lo dijo el otro día. Parece olvidarse que ya no lo soy y creo que no me perdona que entregara mi virginidad a su hermano.

—Alexia, ¿qué demonios pasa contigo? ¿Por qué me hablas así, con esa frialdad? No pareces tú.

Suspiré.

—No, no parezco yo... es verdad. Creo que me harté de ser la buena y la boba a la que estafan y venden por unos euros.

—Prima, por favor, yo no te vendí... lo que pasó fue una maldad de ese hombre. No fue mi culpa, yo no sabía nada. Por favor tienes que creerme. Cuando me enredé con Marco sólo vi su reloj de oro y que era muy guapo. Nada más.

—Te creo sí, pero tú volverás con tu dragón, Laura. Tardarás unos días, semanas... y él seguirá buscándote. Cree que le perteneces. ¿Cuánto hace que duermes con él?

Laura se puso colorada.

—No pienso decírtelo—replicó y tuve la sensación de que quería irse.

—Mucho antes que me preguntaras por las pastillas, supongo. Cuando me preguntaste ya lo habías hecho y tenías miedo de quedar embarazada. Disimulaste preguntando cómo había sido mi primera vez con Tiziano... o tal vez querías saber porque él te obligaba a espiarme.

—Eso no es verdad, te lo juro. Si le hablaba de ti lo hacía porque yo le contaba toda mi vida. Confiaba en él. Pensé que me amaba. Tú no entiendes.

—No, no pensabas en eso. Sólo querías ser como yo Laura, tener a un millonario a tus pies para poder llevarlo al altar y vivir como una reina.

Laura lloró cuando le dije eso.

—Eso no es verdad, nunca sentí envidia de ti sólo quería ser como tú, hay una diferencia. Nunca envidié lo que tienes, pero me dije que debía aprovechar la oportunidad de pescar un rico como sueñan todas las chicas a mi edad. ¿Qué hay de malo en ello? Sólo quería tener un poco de tu suerte. Eres la perfecta Cenicienta, Alexia.

—Oh claro... una Cenicienta arruinada, eso soy. Mi suerte fue encontrar a Tiziano y ni siquiera sabía quién era. No me enamoré de su reloj de oro, te lo aseguro. Hui del millonario pervertido en realidad porque me di cuenta que no era lindo vender tu virginidad y convertirte en el juguete de un idiota sólo porque pagó mucho dinero para hacerte lo que quiera.

—Bueno, pero tu historia tuvo un final feliz como el de Cenicienta, no lo niegues. Y no me culpes por querer ser como tú.

—No te culpo... pero qué quieres ahora. Ya nada será como antes, me cuesta confiar en ti, decirte cosas y que luego vayas y le cuentes a tu novio dragón.

—Pues no es mi novio dragón. Y perdóname... no quise ocasionar ese desastre y te juro que no estoy con Marco ahora, y que cuando estuve no sabía que era el enemigo de tu marido.

—Está bien, olvídalo. Puedes volver con tu dragón caza vírgenes si quieres. Yo no me meteré en tu vida. Te ayudé para que pudieras encaminarte y tuvieras un buen trabajo, pero ahora es distinto. Creo que es tiempo que dejes el nido y hagas tu vida y tomes tus decisiones.

—Es lo que siempre quise, Alexia. Volar lejos y hacer mi vida, la vida que mi madre no me dejaba.

—Entonces sigue haciendo desear a tu dragón y hasta coquetea con otros para darle celos. Tal vez logres encaminar a ese infeliz para que se olvide de mí de una vez. Hazlo Laura, te lo pido. Creo que me lo debes y a ti te gustará atraparlo porque estás loca por él. Fue tu primer hombre y una mujer nunca olvida a su primer hombre.

Ella me miró espantada cuando le dije eso y se bebió de golpe el resto de la cerveza.

—Me arrojas a la jaula del lobo, eres mala, Alexia. ¿Realmente me estás hablando en serio de que vuelva con ese chiflado?

—Sí, estoy hablando en serio. Pero no te hagas la gata ofendida. Si estás pendiente de él es porque él te importa, si hablas de él todo el tiempo también. Para ti fue importante y supongo que te sientes embaucada y estafada por él. Pues puede que él te extrañe y quiera tenerte de nuevo a su lado. Si te le niegas un poco mejor. Hazte la ofendida un poco más. Actúa como si él no te importa nada. Eso le gustará, se sentirá ignorado y desafiado y más querrá tenerte. Los hombres como él desprecian a las chicas fáciles, las usan y las desechan, pero respetan más a las que les gritan, les dicen que no y los desprecian. Ya verás.

—Te equivocas, yo no le importo nada, prima. Nada. No fui más que un pasatiempo para él. Una más de sus vírgenes.

—Sí, eso te hizo creer porque no quería caer en tus garras boba. Tal vez no sea del todo cierto pues te diré que también hay hombres que dicen amarte y no son más que palabras huecas. El amor no es esa historia de Cenicienta que te contaron. ¿Crees que fui al baile y dejé caer el zapato para que Tiziano me buscara? No... no fue así. Y cuando estábamos a punto de casarnos estuve a punto de escapar... tuvimos una pelea. Él también quería pagarme un millón por mi virginidad, Laura, lo habría hecho pero yo no quise, no quise hacerlo por dinero sino por amor que es mucho más lindo, no es así? El dinero va y viene, pero el amor nunca se olvida. Lo que quiero decirte es que nada es ideal, nada es un cuento de hadas, el amor tiene luz y también oscuridad. No esperes a un hombre perfecto a tu lado, espera al hombre que te ame y respete...

Mi prima me miró estupefacta.

—Bueno, pero al menos tu marido es un hombre bueno que te adora, Marco es lo opuesto. Son la luz y la oscuridad.

—Supongo que sí... pero tengo la sensación de que todavía estás boba por él y que tú podrías convertir la oscuridad en algo más luminoso.

—Tú no volverías a hablarme si yo volviera con él y no pienso hacerlo. Es un loco y un maldito enfermo que... me usó para acercarse a ti.

—Sí, tal vez lo hizo, pero te busca, te vigila. Querrá tenerte de nuevo porque le importas. Además, para que dejes de sufrir te diré que no me enojaré si vuelves con él, es tu vida y ya está hecho, ya lo hiciste con él y quédate tranquila, él no me tocó, no me hizo nada. Y su interés no es por mí, porque yo le guste, es por Tiziano. Quiere vengarse del hermano que lo odió desde niño, y que hizo todo para arruinarlo. Esa es su motivación principal. Así que no debes sentir celos de mí.

—No siento celos de ti, no es lo que piensas. Sólo quiero que sepas que yo nunca supe que él era Marco Castelli, de haberlo sabido yo...

—Te habrías ido a la cama igual. De todas formas, ya no importa Laura. No estoy enojada contigo.

—Pues yo creo que sí estás enojada y no crees en mi inocencia. Piensas que estuve confabulada con Marco.

—Laura ya no importa ¿entiendes? Tengo que resolver esto cuanto antes, el tiempo que me dio ese demonio se agota y él querrá una respuesta.

—¿Te dio un plazo para responderle?

Asentí.

—¿Y qué harás, Alexia?

—Es que no lo sé... supongo que tendré que decirle que no pienso hacer nada.

No le dije lo que pensaba hacer. No confiaba en ella ahora. Sabía que tal vez saliera corriendo para reunirse con Marco Castelli. Si no era ahora sería después.

Cuando Laura se marchó me fui a acostar.

Mi madre no había regresado y yo estaba cansada.

ESTABA DECIDIDA A PONER en práctica mi plan y al día siguiente llamé a Tiziano para avisarle que iría más tarde porque debía ir al médico.

No me gustó mentirle, pero sabía que era inevitable. No podía decirle lo que había hecho.

Llamé a Randall luego fingiendo ser una amiga de Betty que quería hablar con él de algo importante.

—¿Quién eres? Betty no tenía amigas—dijo él astuto.

—En realidad no soy su amiga, pero tengo información de cómo encontrarla, si es que quieres saberlo.

—¿Sabes dónde está Betty? —preguntó muy interesado.

—Claro que sí. Hasta tengo su nuevo teléfono.

—¿Y por qué te interesa ayudarme?

—¿Y por qué lo haría? Es que necesito algo a cambio.

—¿Algo de mí?

—Sí... luego te lo contaré. ¿Podemos vernos ahora? Tengo prisa, sabes.

—Vaya... esto me está gustando. Tienes voz de chica joven. ¿Qué edad tienes? —quiso saber.

—Veintidós.

—¿Y de dónde conoces a Betty?

—¿De dónde crees tú?

Empezaba a cansarme de ese interrogatorio, ni que fuera a violarlo por favor, debía estar más que contento que una chica como yo le prestara tanta atención.

—Está bien... te espero en mi departamento en ... media hora. Espero que valga la pena preciosa, lo que quieras de mí lo tendrás.

Ese maldito perro baboso. No podía hablar con una mujer joven sin tener una erección. Bueno, seguramente pensó que era una ramera.

Respiré hondo y fui a la cita.

Estaba muy nerviosa cuando entré en su departamento y fui llevando lentes oscuros y maquillaje fuerte para que nadie me reconociera.

Pensé que podría resolverlo a mi modo.

Era mi oportunidad.

Cuando estuve frente a la puerta del lujoso pent-house temblé.

Él abrió la puerta y me miró sorprendido.

—Alexia Castelli. Pero qué sorpresa tan agradable. ¿Tú aquí?

No podía creerlo.

—Bueno, ven pasa... vaya. Eras la última mujer a la que esperaba ver hoy.

Avancé y me quité la capa para que viera que estaba embarazada. Supuse que eso le haría perder el entusiasmo al instante.

—Así que tú me llamaste y sabes dónde está Betty... pero ... ¿estás esperando un bebé o vi mal? —preguntó sorprendido.

—No viste mal, estoy embarazada.

Y estuve a punto de decirle que Betty también, pero me contuve. Primero tenía que saber si estaba dispuesto a ayudarme.

—Qué raro. ¿Cómo es que sabes que quiero encontrar a Betty, preciosa? ¿Y qué quieres a cambio de darme esa información?

Fue al grano y me gustó.

En realidad, no tenía idea de cómo era la personalidad Randall, sólo que era insaciable en la cama y Betty no lo aguantaba más, por eso se fugó. Pensaba en él como un baboso arrastrado y nada más.

—Estoy aquí porque oí que eres muy amigo de Marco Castelli—le dije y aguardé impaciente su reacción.

Sus ojos azules me miraron alerta.

—Sí, somos amigos... tenemos algunos negocios aquí. También conozco a Tiziano, pero Marco me agrada más. ¿Cómo está tu esposo, preciosa? Supe que tuvo un accidente.

—Está mejor, ya salió del coma y por eso... supongo que sabrás por qué Marco y Tiziano se odian.

—Sí, estoy enterado de las cosas que le hizo tu marido a Marco cuando era niño. Fue muy cruel sabes.

—Eso no importa ahora. Tú quieres encontrar a Betty. Estás loco por ella. Y seguramente no puedes reemplazar su ausencia.

Marco sonrió y se movió en el sillón inquieto.

—¿Y cómo es que sabes dónde está si abandonó Milán antes de tú te casaras con Tiziano y no ha regresado?

—Te equivocas sí regresó para vender su departamento en dos oportunidades. Yo la vi. Pero ella me pidió que... bueno, antes de decirte lo que sé de Betty y darte su nuevo número de celular debo saber si estás dispuesto a hacer algo por mí a cambio.

—¿Que haga algo por ti? ¿Y por qué una mujer como tú, necesitaría de mí?

—Ya te lo dije, porque eres amigo de Marco y lo ves de vez en cuando. Él confía en ti.

—Sí... es mi amigo y sé que está loco por ti. Y no puede superar que Tiziano le ganara la partida. Verás somos distintos, él es el devorador de vírgenes, le encantan las chicas así, pero a mí en cambio me gustan con más experiencia.

—Claro, te gustan como Betty.

—Exacto.

Pensé que la conversación me estaba aburriendo y además odiaba que ese desgraciado desviara su mirada a mi escote.

—Pues tu amigo Marco está chantajeándome. Quiere que le dé unos documentos de Tiziano a cambio de que él no suba a la web dos videos que tiene míos.

—¿El video de la subasta de vírgenes? Yo lo vi. ¿Realmente quiere chantajearte con eso? Es un idiota.

—Randall, ese video es de cuando pensaba vender mi virginidad porque Betty me convenció de hacerlo.

—Pero Betty era tu amiga.

—Betty me traicionó y nunca fue mi amiga.

Él me miró con atención.

—Preciosa, no la juzgues mal, Ravena la obligaba a hacerlo. Era su jefa, la dueña del prostíbulo y sabía que pagaban un buen dinero por las vírgenes.

—Eso no justifica que...

—Hubo otras chicas antes que tú en ese departamento. Era su trabajo.

—Tú estás ciego con respecto a ella, la defiendes.

—No... Pero Betty era especial para mí. Estaba loco por ella, me enamoré y por eso... le pagaba para que no estuviera con otros porque no soportaba saber que lo hacía con otros por dinero. Fui yo quien le dijo que fuera intermediaria. Que consiguiera vírgenes para Ravena. Ella le pagaba bien por eso. Muy bien. Y no tenía que copular con imbéciles.

—¿Ella era intermediaria?

—Claro, para eso tenía un departamento muy bonito. Pensé que lo sabías... En fin, no la culpes. Muchas chicas quieren vender su virginidad porque creen en el sueño de la Cenicienta y su príncipe azul que la rescata de una vida de prostitución, pero en realidad una vez que se venden lo hacen siempre y no hay ningún príncipe para rescatarlas. Excepto a ti. Tú tuviste suerte porque sé que Tiziano se enamoró de ti y te rescató de dormir con Marco por dinero.

—Yo no quería hacerlo, Betty dijo que... yo era una tonta, era inocente y no pensé que, no sabía dónde me metía...

—Sí, por eso pagan tanto por una virgen, son puro candor e inocencia. Son tan tiernas. Tú eres una mujer muy tierna, Alexia. Y hermosa.

—Gracias, eres muy amable. Pero no vine aquí para hablar de mí, sólo quiero que tomes el teléfono de tu amigo y borres todo lo que tiene de mí y de dónde sea que guarde respaldo. En su portátil, Tablet... si lo haces yo te diré dónde está esa bruja embustera.

La proposición era tentadora. Lo vi en sus ojos.

—Vaya, debes estar muy desesperada para venir aquí a pedirme eso. Si tu marido se enterara ardería de celos. Tiziano Castelli es un demonio terriblemente celoso.

—Bueno, ¿quieres que te diga dónde encontrar a Betty o no? ¿Me ayudarás? Porque si no, me iré ahora y olvidaremos todo este asunto.

—Aguarda. Tranquila. Eres muy impaciente. Así que delatarás a tu amiga porque ella te vendió a Ravena.

—Y me vendió a Marco, ella le dio un video mío donde salgo de la ducha casi sin ropa.

—¿Y cómo sabes que fue ella?

—Marco me lo dijo.

—Ah ya… entiendo. Sabes, hoy día se pueden hacer videos con trucos, montajes…

—Este no es un montaje. Demonios ¿es que no entiendes que nada de esto puede salir a la luz?

—Sí, claro. Por la familia D'Este imagino. Son de la nobleza italiana. Escucha, puedo intentarlo, pero no creas que con esto te liberarás de Marco, preciosa.

—Eso es asunto mío, Randall. ¿Entonces me ayudarás o no?

—Lo haré, pero necesito unos días. No sé dónde guarda él esas fotos y videos que dice.

—Pues roba su celular, o haz que otro lo robe.

—Como si fuera tan fácil. Él lo lleva siempre metido en el pantalón, cerca de sus bolas. Le encanta tenerlo allí y rara vez lo deja sobre su escritorio.

—Eres su amigo, puedes ir y tratar de quitárselo.

—Lo haré sí, pero esto no terminará. Él siempre está espiándote tesoro y tal vez sepa que estás aquí. Descubrirá que fui yo y te aseguro que no le gustará nada. Además, será inútil porque buscará otra forma de acercarse a ti. Porque no es por Tiziano. Eres tú la que le interesa.

—Pues no veo por qué si jamás tuve nada con él.

—¿Será que siempre queremos lo que se nos resiste? ¿Lo que no podemos tener?

—Así que tú le diste la idea a Betty de que buscara chicas para Ravena.

—Bueno, nadie te obliga a entrar en eso. Lo haces porque quieres el camino fácil del sexo. No pienses que eres la víctima.

—¿Y tú por qué pagas por sexo? ¿Es que no puedes conquistar a una chica para que lo haga gratis contigo? – me quejé furiosa.

—Sí, podría. Pero es más divertido pagando y no te involucras. Es sólo sexo para mí. No hay algo más. Nunca te enamoras de una ramera.

—Oh claro que no... Por eso estás desesperado por encontrar a Betty, supongo.

—Betty es especial. Teníamos algo especial.

—Y yo te ayudaré a encontrarla si me ayudas y te diré algo que ignoras cuando lo hagas.

—¿A qué te refieres?

—Betty está embarazada Randall. Y tú eres el padre del niño. Es un varón.

Él me miró sorprendido.

—¿Qué?

—Sí, por eso se fue. No quería tenerlo al principio y después Ravena desapareció y quiso empezar una nueva vida en otro país. Pero yo la vi aquí, la vi en dos oportunidades y me confesó que el niño que esperaba era tuyo.

—¿Un bebé, está esperando un bebé? No puede ser.

—Es verdad. ¿Crees que miento?

Randall se puso muy serio.

—¿Cuánto tiempo tiene Betty de embarazo?

No parecía sorprendido, pero sí nervioso o asustado.

—Y debe tener como seis meses ahora o más.

—¿Y cómo es que sabes que es mío?

—Porque ella me lo dijo cuándo nos vimos aquí hace cosa de tres meses o más... no quería que la encontraras ni que supieras que esperaba un hijo tuyo. Por eso se fue. Pensó que tú no querrías saber nada del bebé, además tiene a otro y le hizo creer que el niño es suyo—dije

—¿Y dónde está?

—Te lo diré cuando hagas lo que te pedí.

Él sostuvo mi mirada y sonrió.

—Pequeña, estás jugando con fuego, ¿lo sabías? —dijo mirándome con intensidad.

—Jugando con fuego, ¿por qué?

—Porque podría encerrarte aquí y hacerte lo que quisiera hasta que me dijeras dónde está Betty. Por eso. Te metiste en la boca del lobo.

—Si me tocas Tiziano te mataría, Randall. Además, tú me debes un favor. Tú ayudaste a Betty a que me hundiera, yo confié en ella y me hizo mucho daño. Me vendió a Ravena, a Marco y ahora mi esposo está saliendo del coma y si ese malnacido publica los videos...

Él me miró sin dejar de sonreír, su mirada recorrió mi cuerpo con deseo y temblé. Si no aceptaba ayudarme, si ese demente intentaba tocarme...

—Ay nena, tú sufres por todo. Eres como una niña que no maduró. No sabes nada del mundo y no me extraña que Betty te embaucara como lo hizo. Dime algo, ¿a quién le importa que esos videos salgan a la luz?

—A mi familia y a mi esposo. Porque una vez que sean subidos a la web quedarán allí y nunca más los quitarán. Además, tú quieres encontrar a Betty, ella te engañó está con otro ahora, y le hizo creer que el bebé es suyo. Imagino que no querrás perderte eso.

Él se puso serio cuando mencioné lo del bebé.

—Caray, un niño es algo serio, tú ya lo sabes supongo. Tienes uno en la panza y sin embargo te ves más hermosa que nunca y casi entiendo la desesperación de Marco por tenerte.

Cuando dijo eso pensé que estaba perdiendo mi tiempo. Había fracasado. Él ya no estaba interesado en Betty. Mi amiga había exagerado. A él le gustaban todas en realidad, cualquiera que le gustara y quisiera acostarse con él estaría bien... qué espanto un hombre así.

—¿Y cómo sé que me dices la verdad, pequeña? Me obligarás a ser desleal con un amigo mío al que aprecio —dijo de repente.

—¿Y por qué te mentiría, Randall Warthon? ¿Crees que vendería así a mi amiga si no tuviera una razón de peso? Ella me traicionó y lo último que me dijo fue: no le digas a Randall dónde estoy. Porque no quería que la encontraras.

Él me miró muy serio.

—¿Eso te dijo?

—Sí. —repliqué y miré inquieta mi reloj—Escucha, no puedo quedarme aquí más tiempo. Tengo que ir a ver a mi esposo. Si quieres ayudarme bien, si no, pues buscaré otra forma de que ese infeliz cierre el pico.

—Tranquila niña rubia, yo puedo ayudarte. Lo haré si me dices dónde está Betty. Soy un hombre muy paciente, sabía que un día la encontraría. Y no sé por qué pensó que no querría hacerme cargo del bebé... sabes que me sorprende un poco todo esto.

—Y a mí ni te cuento. Estar aquí tratando de hacer un trato contigo... cuando hace tiempo casi te me lanzas como un lobo.

Sonrió tentado.

—Es verdad. Pero Betty dijo que tú eras virgen y estabas reservada para un millonario. Me gustan mucho las rubias bajitas, son como muñecas...

—Y tú seguro tendrás una colección de muñecas a tu disposición y yo no vine aquí para tentarte.

—No... tú eres la virgen que Tiziano le robó a su hermano. Ya lo hizo antes, en el pasado... Una vez. Con otra chica rubia parecida a ti.

—Estás mintiendo.

—No, ¿por qué mentiría muñeca? ¿Qué ganaría con ello?

—Bueno, no me interesa saber del pasado de mi marido ni con cuantas durmió. Sólo quiero que me consigas esos videos y borres todo de su celular y de su ordenador. El respaldo.

—Espera un momento... eso me llevará tiempo. Y tú no tienes mucho tiempo. El plazo que te dio Marco vence hoy, ¿no es así?

Tragué saliva cuando dijo eso.

—Es verdad. Pero imagino que tú puedes llamarlo, o ir a su departamento.

—Marco no está en Milán ahora, tesoro. Tuvo que viajar de urgencia a Roma por un juicio que le hizo Tiziano de ADN.

—¿Qué? ¿Estás seguro de eso?

—Sí, ¿para qué te engañaría? Sería más ventajoso para mí hacerlo y tener así el teléfono de Betty. Pero no será tan rápido como esperabas. Lo lamento.

—Y supongo que tú podrías ir a Roma a darle apoyo moral.

Él rio a carcajadas cuando dije eso.

—Ni que fuera su novio, apoyo moral... lo nuestro es irnos de copas, buscar mujeres, divertirnos. Hablamos a veces, pero no me cuenta todo ni yo lo hago. Eso lo hacen más las mujeres. Tú confiabas mucho en Betty, le contabas toda tu vida. Las mujeres nunca aprenden. Se abren con otras chicas y luego ... si dan con una mala las vende como mercancía.

—Claro para ti las mujeres somos muñecas de silicona, no valemos nada.

—Oh no, no soy tan troglodita. Yo adoro a las mujeres cielo, me encanta su olor, su sabor y me gustan tanto que a veces voy a un restaurant cuando sé que se reúnen las chicas de la oficina sólo para mirarlas y oír su corcoveo de pajaritas, tan dulces... sus voces, sus gestos... son tan tiernas. Tan dulces. Tendría un harén con un montón de chicas jóvenes y rubias como tú, las tendría en un palacio sólo para mi placer, para disfrutar de todas ellas. Y no pienso que sean bobas ni muñecas, al contrario, son mucho más listas que cualquier hombre menor de treinta. Son inteligentes y tienen ese sexto sentido que nosotros ignoramos. Mi mano derecha es una mujer, para que veas.

—Pues deberías convertirte en musulmán y mudarte a Medio Oriente, allí lo que tú sueñas es completamente legal.

—Pero no me gustan las mujeres de esos países, me gustan las italianas por eso me mudé a tu país cielo. Aquí hay variedad, y hay fuego, son muy calientes las italianas.

—Vaya, qué halago. Ahora dime si puedes viajar a Roma para destruir esos videos.

—No, no puedo hacerlo. Tengo trabajo pendiente. Soy el dueño de esta empresa que organiza eventos y debo estar aquí. No pudo largarme para hacerte un favor... sólo si me dieras algo más que el teléfono de Betty claro...

Lo miré furiosa. Claro, debí imaginarlo. Ese mujeriego perdido no me veía como la esposa de Tiziano Castelli sino como un trozo de carne. Un trozo de carne que él no perdería oportunidad de probar por supuesto. ¡Iluso!

—¿Y esperas que yo ceda a tus insinuaciones, Randall?

Sonrió.

—Claro que no. Eres una mujer muy seria y eres de Tiziano. Pero no pierdo nada intentándolo, ¿no crees?

—Mi tiempo se agota y pensé que tú me ayudarías. Que podrías destruir todo eso.

—Sí, podría hacerlo, pero tendrías que darme algo más que el teléfono de Betty. En realidad, Betty ya no me interesa tanto. Hace meses sí habría pagado lo que fuera por saber dónde está, pero ahora... se me pasó.

—Pero está esperando un hijo tuyo.

—Eso dices tú para convencerme. ¿Cómo sé que es verdad?

—Es verdad. Ella me lo dijo.

—Y tú me lo cuentas tres meses después porque te enteraste que ella le vendió un video privado a Marco... Vaya, creo que tratas de envolverme. Eres muy dulce y envolvente Alexia Castelli, pero no, no caeré en tu trampa. Si quieres los videos tendrás que ofrecerme algo más, tesoro.

Me incorporé furiosa.

—Bueno, al parecer perdí mi tiempo.

—No digas eso, podemos llegar a un acuerdo. Yo podría salvarte de Marco, pero no como tú planeas huir de él... en realidad por más que borre esos videos y las fotos él buscará la forma de incriminarte y no te dejará en paz. Porque Tiziano te adora Alexia, por eso. Y porque él quiere cobrarse una vieja deuda del pasado. Tarde o temprano lo hará. Es muy paciente y no importa cuánto tiempo pase.

—Pues vete al diablo Randall Warthon. Betty y tú pueden irse al mismo infierno ahora.

—Bueno, si cambias de idea, ya sabes dónde encontrarme. Pero lo único que me tentaría sería pasar una noche contigo muñeca. Si me das eso haría lo que me pidieras. Sólo una noche y nadie se enteraría. No soy como Marco, soy un amante ardiente y discreto. Pero nunca te obligaría ni te haría chantaje para que volvieras a mí.

—Olvídalo Randall. No vine aquí para eso. Pensé que Betty te importaba, que ella era tu gran amor.

—Amor es una palabra muy seria y profunda… Betty sólo era mi compañera de cama ardiente, mi geisha… nunca estuve enamorado de ella. Si quisiera enamorarme no estaría buscando mujeres en los burdeles de lujo, ¿no crees? Una ramera y esperando un hijo quien sabe de quién. ¿Realmente creías que quería casarme con ella o algo así?

—Al parecer Betty me engañó de nuevo. Me hizo creer que tú…

—Betty es una embustera, cielo, ¿es que tienes alguna duda de eso?

—Bueno, ¿qué importa? El daño está hecho. Tengo que irme.

—¿Te irás tan rápido? —dijo a mi espalda.

Casi corrí hasta la puerta y temblé al comprender que estaba cerrada con llave y tenía un montón de cerrojos.

Lo miré aterrada.

—Abre la puerta Randall. No haré ningún trato contigo —le dije.

Él sonrió.

—Qué pena, me había ilusionado. No todos los días viene a verme una muñeca rubia con carita de rusa como tú. Pensé que querías esos videos. Tú quieres tenerlos, destruirlos y yo podría ayudarte.

—Pues ya no quiero tu ayuda. Olvídalo.

Al ver que se acercaba grité.

—Si te atreves a tocarme lo pagarás muy caro.

Él se detuvo.

—Eh, tranquila, sólo voy a abrir la puerta.

Estaba tan asustada al ver que se paraba frente a mí que lloré.

Randall me miró sorprendido y abrió la puerta que era una combinación de cerrojos muy complicada.

—Ya estás libre, Alexia. Tranquila. No soy un sátiro sabes. Nunca he forzado a una mujer—me dijo con cara de ofendido, casi horrorizado de que lo creyera capaz de semejante cosa.

Salí corriendo del edificio y luego fui a ver a mi esposo llorando. Al final había perdido el tiempo con ese tipo, debí imaginarlo que sólo negociaría conmigo si le ofrecía sexo. Y lo más triste era que iba a vender a Betty y hubiera vendido a Laura también si con eso me quitaba a ese demonio de encima, a esa sombra oscura de una puta vez. Estaba harta de confiar, de ser leal con personas que no lo merecían. Debí imaginar que Randall no estaba enamorado de Betty, ese hombre estaba como perro alzado con todas, ¿por qué Betty sería especial?

Pero me dolió enterarme del resto de esa historia. De cómo Betty me vendió a Ravena y luego a Marco y de que fue Randall quien le dio la idea para no tener que ser ramera, mejor vender a otras... era un ambiente bajo de porquería al que había caído por imbécil por supuesto. Debí sospechar que esas chicas que decían vender su virginidad por un millón de euros no eran más que un señuelo. Una historia ficticia. Algunas tal vez lo consiguieran y luego pudieran comprarse una casa o pagarse los estudios. Eso no era tan malo claro. Excepto que otros aprovechaban ese señuelo en su propio beneficio prometiendo cosas que no podrían cumplir.

Y furiosa y frustrada le envié un mensaje a Randall con la dirección y el número de Betty. Tal vez luego cambiara de opinión y quisiera buscarla.

Él vio el mensaje y me envió un emoticón con una sonrisa.

"Gracias, sabía que lo harías. Buena chica. Te debo una."

Cuando vi el mensaje pensé que era una estúpida. Claro era lo que él quería, que me enojara y le enviara la dirección y todo sin pedir nada.

Definitivamente yo no formaba parte de ese mundillo de depravados y mentirosos. Randall jamás movería un dedo para ayudarme, ¿para qué? Si podía tenerlo todo haciéndome entrar como un caballo como decía el refrán. Maldito pervertido.

Al menos sabía que la buscaría y Betty se fastidiaría y tal vez nunca supiera que había sido yo quien la había delatado. ¡Al diablo con ese par! Aunque luego de hablar con Randall entendí por qué Betty había escapado, el tipo era un adicto al sexo, o algo peor, no estaba segura. Pero ninguna mujer sensata se habría enredado con un hombre que soñaba con tener un harén de italianas para darle placer. Pero tal vez Betty sí le importaba por eso me había hecho esa jugarreta.

Bueno al menos sabía que Marco estaba en Roma. Así que por un tiempo tal vez se olvidara de mí.

Sequé mis lágrimas y traté de respirar hondo y controlarme. Tiziano no podía verme así, sospecharía y sabría que algo andaba mal.

Cuando entré en la sala estaba tan nerviosa que Tiziano me vio y supo que me pasaba algo. Fue imposible que no lo notara. Al comienzo me sonrió y envolvió entre sus brazos sin sospechar nada hasta que me miró y vio que estaba mal, nerviosa.

—Alexia... ¿qué tienes? ¿Has estado llorando? —me preguntó.

—No... bueno sí, pero estoy bien. No te preocupes. Es por el embarazo, lloro por cualquier cosa—le respondí.

Él me envolvió entre sus brazos y entonces lloré, no pude contenerme. Fue demasiado para mí. Me sentí mal por haber delatado a Betty y haber caído en el juego de Randall, por haberle dicho a Laura que volviera con ese demonio malnacido de Marco... Todo ¿y para qué? Para nada. Para sentirme peor que todos ellos y para que luego Marco subiera esos videos y me dejara escrachada, destruida para siempre.

Él dejó que llorara y me preguntó con voz muy suave qué me pasaba. Pero estaba preocupado, sus ojos me miraron nerviosos.

—¿Qué ha pasado ángel? Por favor, dímelo. Necesitas mi ayuda porque sé que te hicieron algo.

Sequé mis lágrimas y me dije que era inútil ocultarle la verdad. Tarde o temprano lo sabría.

Le hablé de mi encuentro con Marco y que resultó ser el misterioso novio de Laura. Y luego de mi plan de pedirle ayuda a Randall Warthon. Y cómo todo me había fallado porque Marco seguía con los videos en su poder.

Tiziano se puso furioso y llamó a Gio al celular y le pidió que fuera a la brevedad. Luego habló con su abogado y me miró.

—Alexia, mírame. Tranquilízate. Esa rata inmunda no puede hacerte nada. No lo hará porque lo mataré, te lo aseguro. No vivirá para contar el cuento.

—No digas eso por favor.

—Ángel, mírame. Debiste acudir a mí antes que a ese depravado de Randall. Claro que querría aprovecharse de ti, ¿creíste que dejaría escapar esa oportunidad? Además, te mintió, Marco no está en Roma, está aquí.

No me sorprendió por supuesto.

—Pensé que podría lograr que él me diera el celular de ese malnacido.

—No te preocupes por eso. Hablaré con él sobre todo esto y tendrá que entregarme todo y olvidar su estúpida idea de chantajearte. Imagino qué iba a pedirte que sustrajeras del departamento. El testamento anterior de mi padre, el que es legal. Porque además de ser un bastardo es un estafador. Creo que mi padre quiso decírmelo, pero murió antes, él quiso decirme que sabía que Marco no era su hijo porque el testamento original lo deshereda y dice que el señor Marco Castelli no es su hijo. Él hizo el examen de ADN sin que esa rata supiera. Supongo que habrá notado su maldad y avaricia. Y la de su madre que también fue beneficiada por el nuevo testamento que ahora sabes fue redactado cuando mi padre estaba a punto de morir y sospecho que fue embaucado. De todas formas, tengo el original y lo haré valer. Lamento no habértelo dicho preciosa, estos días había tantas cosas que resolver y todo el tiempo creí que ese desgraciado no se había acercado a ti. Debiste decirme. O hablar con Gio.

—No pude, me daba mucha vergüenza que supiera que.

—Alexia, no debes vivir pensando que tienes un secreto terrible que ocultar. ¿Hasta cuándo seguirás mortificándote? Y no estás sola, me tienes a mí. No soy un enfermo terminal, ya estoy bien, como nuevo. ¿Crees que permitiría que ese infeliz te hiciera daño? Supera esa historia, debiste reírte en su cara cuando trató de chantajearte en vez de asustarte y mostrarle miedo. Ni él ni nadie se atrevería a publicar nada de ti, por más que se atreva a subirlo a un portal, no lo hará porque está a un paso de ir a prisión con su madre por haber estafado a mi padre durante años haciéndole creer que Marco era su hijo.

—No es fácil para mí, todavía siento vergüenza de ese video, de las fotos, tú sabes cuánto he vivido atormentada por eso.

—Atormentada. ¿Por qué? Si tú no hiciste nada y en todo caso es mi culpa. Yo te robé de Marco... yo lo hice. Pero temí que pensaras que lo hacía por venganza pues tenemos una historia antigua de celos y odio. Cuando te vi en el parque esa vez con Betty le pedí que me ayudara a acercarme a ti y ella me dijo que estabas reservada para Marco. Al verte con ella pensé que eras un ángel y no creí que tú estuvieras en esa agencia. Tenía tanto miedo de que pensaras que lo hacía para vengarme de ese bastardo, pero no fue así, te lo juro. Tú estabas destinada a mí. Y no me habría importado que fueras la esposa de otro hombre ni nada. quería que fueras mía Alexia y no me equivoqué, tú lo sabes. Cuando te conocí supe por qué me había enamorado el día que te vi. Entonces no sabía que Marco había pagado más de un millón por tu virginidad. Lo supe después.

Ahora entendía todo. Tiziano me había ocultado esto todo ese tiempo para que no pensara mal de él, para que no dudara de su amor.

—Y él me acusó de robarle a su mujer, porque al parecer no había pagado por tu virginidad. Él iba a comprarte para que fueras su virgen el tiempo que él decidiera. Quisieras o no sus condiciones, quisieras o no hacerlo.

—Tú me salvaste amor. ese hombre es un demonio y yo siento culpa de haber arrojado a mi prima a sus brazos, no debí hacerlo. Es que me enfurecí sentí que todos me habían traicionado.

—Hiciste bien. Pues ¿quién te asegura que tu prima realmente no sabía que él era mi hermano bastardo? Ella juró que no sabía su verdadero nombre, pero ¿y si miente? ¿Si es la espía de Marco y todo este tiempo trabajó para él? No tienes certezas, puedes estar fingiendo y mintiendo y no sería la primera vez. Seguramente volverá con él y no la quiero en nuestro departamento ni cerca de ti Alexia, ni a ella ni a Betty.

La llegada de Gio hizo que callara.

—Gio... hubo un incidente con el bastardo. Debemos actuar ahora. Cuanto antes—dijo Tiziano, pero no mencionó nada de video y casi parecían hablar en clave.

Me quedé pensando en nuestra conversación, en la confesión de Tiziano... él le había robado la chica a su hermano, pero me lo ocultó dijo que fue al revés para que no creyera que lo había hecho adrede. Qué historia tan complicada, tan difícil... pero me sentí mejor, a salvo.

Y cuando Tiziano habló con su hermano me miró y tomó mi mano.

—Le pediré a Gio que quite los documentos del departamento, pero tú no regresarás hoy allí. Te quedarás conmigo. Te quedarás aquí hasta que me den el alta. Ya he hablado con el doctor justo esta mañana y lo ha aceptado.

—¿Me dejarán quedarme aquí contigo?

—Sí, ángel. Y pediré a los guardaespaldas que también estén cerca. Ese maldito aprovecharía la más mínima ventaja, pero pronto no podrá hacerlo. es tiempo de que pague él y su madre ramera.

—Qué estupenda noticia, podré estar contigo. es que me daba tanta pena marcharme y...

—Debí imaginar que ese buitre haría algo demonios, hablé con Gio, se lo dije, pero él me aseguró que nada había ocurrido durante el coma.

—Tu hermano no lo sabía, amor, nadie lo supo. Sólo Laura.

—Alexia, no debes tener más conversaciones con tu prima. Porque imagino que si no está ahora con Marco lo estará muy pronto y no quiero más espías en nuestra casa.

—Tranquilo, no le dije nada por eso mismo. Algún día debía dejar tan confiada o tan boba, ¿no lo crees?

Él me miró muy serio.

—No digas eso... no fue tu culpa Alexia. Tú sólo querías ayudar a esa niña problemática. ¿Qué te ibas a imaginar que terminaría encamándose con el enemigo? Ya hiciste mucho por tu parienta, más de lo que merecía diría yo...ahora déjala, sabrá seguir con su vida. Es casi adulta y si no lo es, bueno, es tiempo de que madure. Bastante daño ha hecho y no creo que sea del todo inocente. En fin, es tiempo de que hablemos de nosotros y de nuestra familia que crece amor, tienes un bebé en quién pensar ahora.

—Sí, lo sé...

—No llores, por favor, deja de atormentarte y deja todo en mis manos soy tu marido ángel y tú eres mi esposa, mi mujer, ¿crees que te dejaría sola en todo esto que podría llegar a sentir rabia por lo de ese video que te obligaron a hacer?

Sus palabras me emocionaron, fui tan tonta al dudar, al sentir miedo, pero no fue sencillo para mí confesarle la verdad, lo hice desesperada al comprender que ya no tenía otra salida. Y al final esos mequetrefes se habían reído de mí, Marco, Randall y Betty, pero lo hicieron porque yo seguí atormentándome por el bendito asunto de haber querido vender mi virginidad un día. Por más que dijera que lo había superado, que no debía pensar en ello ese maldito asunto me persiguió durante mucho tiempo, demasiado, se clavó en mí como una espina. Era tiempo de que lo olvidara. Nada había salido como lo esperaba, nada había sido como creí, pero sabía que tenía suerte, porque lo peor que pudo pasarme fue haber caído en las garras de Marco Castelli.

QUEDARME EN EL HOSPITAL a su lado fue lo mejor, pero ambos queríamos regresar a la casa que Tiziano había comprado en Navigli meses atrás. No la habíamos estrenado y estaba lista para que nos mudáramos. Hasta habían realizado la mudanza.

Fue muy reconfortante para mí poder cuidarle, pasar más tiempo juntos sin tener que sufrir esa angustia cada vez que debía dejarlo en el hospital. Y su recuperación también se aceleró y un buen día, pudo caminar sin muletas, sin tener que sujetarse por temor a caer. Lo miré algo espantada, temía que se cayera, pero eso no pasó. Caminó solo, sin agarrarse. Lo hizo despacio, pero fue un gran avance, significaba que sus piernas estaban fuertes para sostenerle.

Lo abracé y besé feliz. Y luego de ese día su recuperación se aceleró y ya no había excusas para retenerle.

Y cuando su doctor fue a verlo le pidió que le diera el alta. Bueno, siempre lo hacía, casi a diario se lo preguntaba, pero esta vez casi le exigió que se la firmara.

—Está bien... Su recuperación ha sido asombrosa pero no se confíe. Ahora está bien y ya puede caminar, eso es muy bueno, pero deberá seguir con el tratamiento que le indiqué: medicación, fisioterapia que le enviaremos el servicio a domicilio y estaremos atentos a cualquier cambio —dijo su doctor y me miró a mí para decirme: —Señora Castelli por favor, no deje que su marido regrese al trabajo ni se estrese con nada. Su regreso a sus obligaciones deberá ser gradual. Un paso por vez. Es decir, ahora el paso será poder volver a casa, luego retomar algunas actividades, pero —se interrumpió y miró a mi marido: —Si usted no respeta el proceso puede sufrir una recaída señor Castelli y eso hará que tenga que regresar aquí y no creo que le agrade la idea, ¿no es así?

Lo abracé feliz, llevábamos más de dos semanas en el hospital y habían sido eternas para él y lo sabía.

—Por supuesto que seguiré el tratamiento doctor D'Alessio. Y no regresaré al trabajo, quiero estar con mi esposa ahora. ¿Cree que no aprendí la lección? —le respondió Tiziano.

—Bueno, eso dice ahora, pero he notado que es muy terco y quiere tener el control de todo, pero debe entender que eso ya no podrá ser así. Ha estado en coma y su cerebro recibió un daño del que todavía no está completamente recuperado. Puede sufrir amnesia temporaria, dolores fuertes de cabeza, mareos... ahora está medicado y responde bien al tratamiento, pero no está fuera de peligro. Eso quiero decirle. Debe hacerse a la idea. Estuvo muy cerca de la muerte señor Castelli, y creo que es muy joven para tener tanta responsabilidad. Debe aprender a delegar responsabilidades, a confiar, las cosas puede que no salgan tan perfectas como usted pretende, pero no dudo en que todo seguirá su curso. El mundo sigue girando, no se detiene jamás, por nadie.

Tiziano aceptó el sermón y dijo entre dientes que ya lo había pensado.

—Muy bien, entonces le firmaré el alta. Si todo sale bien vendrá a verme en una semana, pero ante cualquier problema debe atenderse, aunque deba regresar en dos días o tres.

—Lo haremos doctor D'Alessio, gracias por su dedicación.

Él hizo una mueca de asentimiento y dijo que iría a firmar el alta.

Una hora después apareció Giovanni y nos acompañó hasta nuestra nueva casa en las afueras de la ciudad. Ansiaba llegar y poder vivir allí con jardines, independiente. Tiziano seguía bufando rabioso por las palabras del doctor.

—Ha de pensar que soy un completo imbécil que no valora lo que tiene. Viejo rabo verde, sentí ganas de pegarle por la forma en que te miró—dijo en un momento.

—Por favor, deja de estar tan celoso Tiziano. Es el mejor neurólogo y sólo está preocupado por ti. Debes hacerle caso y seguir al pie de la letra todo lo que dijo para que puedas recuperarte rápido. Yo cuidaré de ti.

Él me abrazó y me besó.

—No... yo cuidaré de ti ahora, has estado demasiado tiempo sola, Alexia y con un bebé en tu panza. En un par de días estaré mejor, pero quedarme en ese hospital me hacía sentir enfermo y débil.

—¿Qué dices? Te has recuperado rápido—dijo Gio—ya oíste al doctor, debes aprender a delegar.

Tiziano miró a su hermano menor.

—Sólo confío en ti Gio, tú tendrás que suplantarme hasta que las cosas mejoren. De todas formas, no pensaba regresar a la vida de antes. Creo que esto me pasó por algo, pude morir y todo el tiempo... vi a nuestra madre Gio, me acerqué y hablé con ella.

Gio se puso lívido cuando dijo eso.

—¿Y qué te dijo?

—Dijo que cuidara de mi hijo y de mi esposa, que fuera feliz. Y me sonrió y su sonrisa estaba tan llena de paz, de luz. Creo que fue ella que me ayudó a regresar. Que en un momento me fui estuve en la oscuridad, pero nuestra madre hizo que volviera, me ayudó a despertar, a vivir. ¿Por qué demonios nadie la ayudó a ella? Diablos—dijo Tiziano y derramó unas lágrimas.

Yo lo abracé y el lloró. Estaba mal, reunirse con su madre fue una experiencia mística pero muy triste para él. Mi corazón latió acelerado cuando contó lo que le había pasado, pero no dije nada de eso.

—Tu mamá es un ángel que vela por ti, Tiziano. Y si te ayudó a volver fue porque su labor es amarte y protegerte, como todas las madres de este mundo. Fue maravilloso y no pienses que ella no pudo volver. No puedes cambiar eso. Sólo ponte bien y deja esto atrás. Agradécele y recuérdala como hasta ahora—le dije.

Él me miró muy serio:

—Me dijo que cuidara de ti porque había una sombra... ahora comprendo por qué lo dijo.

Marco Castelli.

—Ya no habrá sombras en nuestras vidas amor—le dije y sonreí.

Porque Marco estaba a punto de ser condenado a prisión por estafa, él y su madre, era cuestión de días. Pero no hablábamos de él, imaginé que nada debía preocuparme más que cuidar de mi esposo y ayudarlo a que se recuperara. Había estado muy grave y era necesario estar pendiente por cualquier síntoma extraño.

Cuando llegamos a la casa era un día helado de otoño, pero había un sol intenso y casi no había nubes. ¡Qué hermosa me pareció la casa ese día! Tuve la sensación de que tendríamos una nueva vida ahora, sin sombras, sin miedos... Atrás quedarían las semanas de angustia y dolor, Tiziano se había salvado y estaba esperando un hijo suyo, me sentí tan feliz entonces, tan bendecida...

Él me envolvió entre sus brazos cuando nos quedamos a solas ese día.

—Bueno, creo que tenemos que recuperar el tiempo perdido, ángel—me dijo al oído.

Sonreí tentada.

—¿El doctor te dijo que podías? —le pregunté alerta.

En realidad, en ningún momento le dijo que no podía tener sexo, ni él le preguntó. Noté que la mirada de mi marido cambiaba al mirarme.

—¿Y crees que le pediré permiso a ese doctor para hacerle el amor a mi esposa? —me dijo. Y cuando entramos en nuestra habitación no dejamos de besarnos. Mi ropa cayó rápido al piso y al tenderme en la cama noté su miembro viril erguido, listo para el combate.

—Dios mío, me parece un sueño amor—le dije y me acerqué para besar y prodigarle caricias. Mis labios sintieron su suavidad y también que estaba duro como roca. Ya lo había notado en el hospital cuando me quedé a su lado esos últimos días.

—Déjame verte por favor—me pidió.

Yo no quería liberarlo, me moría por seguir allí devorándole despacio con mimos y caricias. Ciertamente que no había sentido cuánto lo había extrañado hasta ese momento. La angustia de esas semanas fue superior a todo, pero ahora me moría por estar con él, por sentirle dentro de mí...

—Ven preciosa, ven aquí por favor, déjame mirarte—me rogó desesperado.

Yo lo liberé y me tendí en la cama y él atrapó mis pechos y notó que habían crecido y el bebé también, ya se notaba y tenía la forma de un huevo alargado.

—Estás tan hermosa, Alexia, soñaba tanto con verte así, con un hijo mío en tu vientre... creo que no dejaré de hacerte bebés el resto de mi vida—dijo y apretó levemente mis pechos y los besó y succionó de ellos y luego desesperado quiso notar cuán excitada estaba, cuánto lo deseaba. Pero yo estaba desesperada por sentirle dentro de mí y se lo dije.

—Por favor, Tiziano hazme tuya ahora.

Pero él no me dejó en paz, no hasta hacerme estallar de placer una y otra vez. Esa tarde no pude escapar ni quise hacerlo. Tres veces estuvo dentro de mí hasta dejarme exhausta y vencida y entonces me tendió de espaldas para poseerme una última vez, para que no quedara ni un rincón sin que me sintiera llena de él. Me gustaba cuando lo hacía así y sentía que en esos momentos me tomaba por asalto y me hacía sentir que le pertenecía por completo. Sólo entonces se sentía saciado y satisfecho y caía rendido mientras me llenaba con su semen...

—Te amo Alexia, mi amor... te amo tanto—me susurró al oído. Y yo caí rendida a él, estremecida, cada centímetro de mi ser, cada milímetro...

—Y yo te amo, mi amor, mi vida... mi hombre.

Él me dio un beso ardiente y me apretó contra él, me abrazó y me dormí en sus brazos.

EL TIEMPO VUELA CUANDO uno es feliz y es eterno cuando sufrimos. Ya lo he aprendido.

El accidente cambió mucho a Tiziano. Tal vez tuvo que pasar esa desgracia para que él aprendiera a delegar, a confiar y a establecer prioridades. No quiero que pensar que fue para eso pues fue una lección muy dura.

Pero luego de eso Gio se convirtió en su mano derecha y decidió vender una de las empresas de su padre.

Su recuperación seguía siendo asombrosa y luego de realizarse estudios, meses después el doctor D'Alessio le dio el alta, pero le recomendó que regresara en un año para hacerse controles de rutina. Era necesario mantener la presión estable y su vida lejos de estrés.

Saberlo me colmó de felicidad. Ver lo bien que se había recuperado.

Nuestra vida cambió mucho, creo que el accidente que sufrió Tiziano marcó un antes y un después.

Él retomó algunas de sus actividades, pero ya no pasaba el día entero en sus empresas, Gio fue un gran apoyo para él.

Y ahora con mi pequeño Emmanuel en brazos contemplo las praderas del Capricho y me siento tan feliz.

Habíamos dejado la ciudad luego de nacer nuestro niño pues él no quiso que se criara en una ciudad tan grande. Creo que ambos soñábamos criarlo en el campo, aire puro y tanta paz y tranquilidad.

Tantas cosas habían cambiado esos meses... ahora Tiziano había decidido ayudar a su tío a buscar el dichoso tesoro del que le habló una vez y solíamos visitarle los sábados y nos quedábamos a almorzar. También viajábamos a ver a mis padres y hermanos a Pienza. Era una vida distinta. Y no extrañaba nada la ciudad. Íbamos de vez en cuando porque Tiziano tenía que supervisar sus empresas.

Marco Castelli no fue a prisión como esperábamos, pero supe que su celular fue robado y destruido y también todos sus portátiles. Alguien misterioso entró en su departamento y quemó todo. literalmente. Saberlo me dio alivio.

Su madre se fue del país, desapareció, pero sobre ella sí había orden de captura porque había falsificado el testamento con ayuda de dos abogados. Marcos fue declarado inocente, una simple víctima de los ardides de su madre... no sé ni cómo logró eso. Debió tener un buen abogado... en realidad fue muy astuto porque no había pruebas que lo implicaran en la falsificación del testamento. él siempre supo todo y era tan culpable como su madre, pero durante el juicio no se encontraron pruebas para implicarle. Tal vez las destruyó... pero tuvo que devolver gran parte del legado, pero no todo. mantuvo las acciones de un hotel y también propiedades que puso a nombre de una sociedad anónima.

Abandonó Milán y se fue a Roma. Pero no se fue solo... supe por mi madre el otro día que fui a visitarla en su cumpleaños que Laura estaba embarazada y se había casado. Cuando me dijo eso pensé de inmediato en Marco Castelli.

Ella puso cara de felicidad.

—Alicia está contenta, no hace más que decir que su niña se ha casado con un hombre muy rico. Pero no sé si se casó.

—¿Está embarazada?

Mi madre asintió con un gesto.

—Me llamó hoy para felicitarme, sabes que me llama de vez en cuando y me contó que está esperando un bebé. Sólo tiene unas semanas.

—De Marco Castelli imagino.

—Sí... y dijo que él se casará con ella. Se ha mudado a Roma con él y dice que es muy feliz, pero está muy asustada, creo que no quería tener al bebé, pero dijo que él la presionó para que no lo abortara.

—Vaya, siguió mi consejo.

—¿Tu consejo? ¿Pero tú sabías que ella estaba de novia con ese hombre que le hizo tanto daño a tu marido?

—Sí, lo supe hace tiempo y le dije que volviera con él, que tal vez podía hacer que la quisiera. Bueno, tal vez se enamore. Elle le entregó su virginidad y a él le dicen el dragón devora vírgenes.

Mi madre rio a carcajadas cuando dije eso.

Pensé en Laura y deseé que fuera feliz con su malvado dragón. Si con un hijo no lograba dulcificar un poco a esa fiera... pues ciertamente que no sabía con qué lo conseguiría.

—Ella preguntó por ti—dijo mi madre entonces.

—¿De veras?

—Siempre lo hace... supo que nació el pequeño Emmanuel y que te has mudado al campo. Creo que ella te quiere mucho, Alexia, que valora lo que hiciste por ella, pero sabe que su elección las alejó para siempre, porque tu marido odia a su hermano Marco.

—No es su hermano mamá, no tiene la sangre Castelli, aunque use su apellido.

—Bueno, el pobre no tiene la culpa de eso, fue su madre que tramó todo, me lo dijo Laura.

—Ay mamá, no le creas todo a Laura. Ella necesita creer que su novio es el bueno de la película, la víctima... pero de ahí a que eso sea verdad... Pero yo también la quiero sabes, vivimos una situación muy difícil y le deseo lo mejor. Aunque no vuelva a verla.

Pensaba en Laura en esos momentos, embarazada y casada con ese hombre. Ciertamente que no le veía mucho futuro a esa pareja, pero, en fin, tampoco deseaba que le fuera mal, quién sabe, tal vez lograra encaminar a ese hombre y dejara de pensar que las mujeres éramos cosas que se podían comprar. Ahora que sabía que no era un Castelli tal vez bajara tanta locura y soberbia y fuera más normal y entendiera que no fue más que un impostor pues ni siquiera llevaba la sangre de Tiziano.

Eso también hizo que mi marido dejara de sentir tanto odio, aunque sí rabia por pensar que su padre confió en ese hijo y hasta vivió con él más tiempo que con Tiziano y sus hermanos. Un día hablamos de eso, una tarde tibia de verano.

—Mi padre estaba desilusionado de Marco y creo que al final se dio cuenta solo que no era su hijo. Que lo habían estafado, pero no quiso decirnos por orgullo. Y lamento que no me lo dijera ¿sabes?

Era un tema delicado, doloroso.

—¿Y cómo supiste eso, ¿quién te lo dijo?

Él me miró con fijeza.

—Fue Renzo, su socio y amigo. Me lo confesó algún tiempo después cuando comenzamos el litigio con Marco. Su testimonio fue de mucha ayuda, muy valioso. Él dijo que mi padre sufrió un infarto porque discutió con su hijo al enterarse de que había vendido las acciones de una de sus empresas sin consultarlo. Al parecer desvió dinero de una cuenta bancaria y así fue haciéndose su fortuna personal. Estafó a mi padre. Con ayuda de su madre por supuesto, su madre fue la que lentamente ideó todo.

—Amor, lamento mucho esto, tantos años te llenaste de odio por ese hombre que ni siquiera era hijo de tu padre. Qué injusto fue todo, y muy triste pero ahora tienes un hijo en quién pensar y me tienes a mí. Somos tu nueva familia Tiziano y trata de dejar eso en paz. Haz de cuenta que ese hombre no existe. Tu padre ya no está y eso es lo más penoso, pero recuerda los buenos momentos y no lo juzgues.

—Sí, eso haré amor, por supuesto. Pero me da mucha rabia todavía, no sólo nos robó dinero, nos robó a nuestro padre. Y todas las peleas, los distanciamientos tenían como epicentro Marco. Porque mi padre lo defendía.

—Lo defendía porque tú lo atacabas. Y en realidad Marco no era el problema, tu padre estuvo cerca, poco pero cerca, en contacto. No dejó de verlos como hacen algunos padres.

—Sí... pero no le perdono que mi madre enfermara por su culpa.

—Pero ya no está, no puedes seguir guardando ese rencor mi amor. déjalo ir. Deja ir tanta amargura y rabia, tanto odio por Marco, por tu padre...

—Bueno a mi padre lo perdoné, lo hice, pero no sueñes que dejaré ir al otro sinvergüenza. No descansaré hasta verlo hundido. No importa el tiempo que me lleve lograrlo. Ya perdió una buena parte de lo robado, pero no fue suficiente. Quiso chantajearte y se aprovechó de que estabas pasando el peor momento de su vida.

—No, por favor, deja eso. Si le haces algo él querrá vengarse y esto no terminará más. Quiero paz, demasiado las pasé este año por todo lo que pasó.

Él me miró, sabía que buscaría vengarse, pero al menos dejó de mencionar que lo haría. Esperaba poder convencerle de que dejara esa maldita venganza.

Ahora no quería pensar en eso, quería disfrutar la dicha y la paz de tener un angelito y un marido tan maravilloso como Tiziano.

About the Author

Autora del género romance erótico que comenzó a publicar de forma independiente en el año 2013 en Amazon sus libros electrónicos y luego en papel de la mano de la editorial Createspace.com. Entre sus novelas más vendidos se encuentra: En la cama con el diablo (erótica victoriana), El tutor, la saga doncellas cautivas y la saga de novelas contemporáneas: El amante italiano y Obsesión, Deseo Sombrío y La tentación de lo prohibido. En diciembre de 2015 publicó con la editorial de Amazon: Kindle Publishing la novela histórica medieval "El hechizo del bosque" tercera parte de la trilogía medieval: doncellas cautivas. Desde entonces no ha dejado de publicar novelas eróticas y románticas contemporáneas e históricas siendo su best sellers En la cama con el diablo. El escocés y Amarle era su destino.

Recientemente ha publicado la saga el El diablo de Milán y Pasión atormentada y Pasión Desatada. Puedes encontrar sus novedades en su blog: cathryndebourgh.blogspot.com o en su página de facebook: https://www.facebook.com/CathrynDeBourgh/